愿 人生从容

YUAN RENSHENG
CONGRONG

三 平 著

人民出版社

责任编辑:郭星儿

封面设计:源 源

图书在版编目(CIP)数据

愿人生从容/三平 著. —北京:人民出版社,2019.6
ISBN 978-7-01-020876-3

Ⅰ.①愿… Ⅱ.①三… Ⅲ.①散文集-中国-当代 Ⅳ.①I267

中国版本图书馆 CIP 数据核字(2019)第 099033 号

愿人生从容
YUAN RENSHENG CONGRONG

三 平 著

人民出版社 出版发行
(100706 北京市东城区隆福寺街 99 号)

北京墨阁印刷有限公司印刷 新华书店经销

2019 年 6 月第 1 版 2019 年 6 月北京第 1 次印刷
开本:880 毫米×1230 毫米 1/32 印张:8 字数:193 千字

ISBN 978-7-01-020876-3 定价:32.00 元

邮购地址 100706 北京市东城区隆福寺街 99 号
人民东方图书销售中心 电话 (010)65250042 65289539

目　录

第三编　于无声处做事

第四编　用积极心态造就幸福人生

第五编　时时自省，步步睿智

第六编　学习能力是一个人的核心竞争力

第七编　有什么样的思维，就有什么样的人生

第八编　人之幸福皆出于心之知足

第九编　迎接新的阳光和希望

第十编　好人品是一生最宝贵的财富

第一编　找准自己的人生坐标

正确地认识自己

正确地认识自己，就是对自己所处的环境、工作能力、学识水平、素质修养等情况有准确的了解和把握。知道自己想要什么，暂时能做什么、不能做什么。清楚了自己的现实情况和努力方向，才能充分发挥自己的聪明才智，工作和生活也才能踏实、充实。

老子云："知人者智，自知者明。"了解自己、认识自己，对自己的德与才了然于胸，知道自己有"几斤几两"是做人最起码的要求。正确对待自己，分析自己，看清楚自己，不偏不倚地摆正自己，就不至于让自己陷入才能之外的困境中。既不高估或低估自己的能力，从而能够扬长避短，选择自己擅长的或与自己的能力水平相匹配的工作；也不迷失在别人的眼光或评价里，从而能够有则改之，无则加勉，一路沿着自己本来正确的人生之路顺利前行。

尼采曾说："聪明的人只要能认识自己，便什么也不会失去。"做一个认识自己的聪明人，就不会因为外界的变化而迷迷糊糊，也不会迷失自己。当你清楚自己是"怎样"的一个人和"应该是怎样"的一个人时，就能以一种坦然与平和的心态去迎接各种各样的挑战了。这样也能使自己的内心更端正一些，更坦荡一些，不虚与委蛇，不刻意伪装，不自以为是，不得意忘形，不过分炫耀。

　　有些人过于在乎别人对自己的评价，却不能够正确地认识自己，其内心有时也不够自信。生活中常常可以见到，有些人"擅长"高谈阔论，做事时却束手无策；有些人喜欢挑别人的毛病，却很难检视自己的缺点和不足；有些人只知道自己的长处，不知道自己的短处；有些人虽对自己的短处心知肚明，却往往自我原谅，而不知己短之害；有些人视己之短为长，甚至孤芳自赏。如果你总是用别人的坐标系来确定自己的位置，等待你的将是迷惘和失败。

　　有些心智不太成熟的人，对自己缺乏清醒的认识，心情比较容易受到外界的影响，甚至容易将自己的认识和评价建立在别人的态度上。得意的时候，就"春风得意马蹄疾，一日看遍长安花"，就心花怒放开来！失意时，就"泪眼问花花不语"。只有正确地认识自己，才能挖掘并强化自己的优势，走上原本属于你的道路。

　　做到经常的自我反省，并不是一件容易的事。以自我评价来说，对自己评价过高，容易自负，不安心于平凡的工作。评价过低，又容易自卑，有时还会丧失奋发进取的斗志。一个人在心浮气躁之时，是不可能察觉出自身毛病的，一旦静下心来，就会恍然大悟，原来自己有那么多的不足。时时进行自我反省，跳出自我的小圈子，站在旁观者的角度客观地剖析自己、评价自己，给自己一个准确的定位。明白什么是自己需要继续坚持的东西，什么是自己应该充实和完善的，从而更好地把握自己、超越自己。即使处于一片恭维和赞扬声中，也依然能够保持清醒的头脑，也不会迷失自己，也能更好地保全和发展自己。

　　现代社会，人与人之间的竞争已经不仅仅局限于工作方面，个人的修养也是大家比较关注的首要素质，如果不加强自身修养，不懂得什么是自己应该坚持的，什么是应该及时纠正的，在与人交往或共事时，难免会成为不受欢迎的糊涂蛋。一位学者说得好：

"不怕念起，就怕觉（觉悟）迟。人有七情六欲，有个诱因就难免起了嫉妒、贪婪、攀比、报复等念头，关键是有没有一种觉悟能及时制止了念头，让自己明辨是非的理智赶在做傻事之前醒过来。"

对一个人来说，最难的不是正确地判断自己，而是正确地认识自己。就像别人的脸上如果有米粒你能够一目了然，而自己脸上的米粒却很难察觉一样。要想做一个认识自己的聪明人，就应该经常进行必要的自我反省和自我节制，使自己的小节、缺点不至于演变为一种习惯。这样就能坚持始终如一的笃行，让生活中的细枝末节各安其位，稳当妥帖，也一定能串联起井然有序而又充实、有价值、有意义的人生。

管理好自己，从容面对人生

能够管理好自己的人，一定是一个了不起的人。人吃五谷杂粮，生就七情六欲，人的欲望就像一根绳子，时常会牵着人的思维，左右着人的思想和行动，有时只要稍不留神，要"心静"下来可就没那么容易了。于是，人的精神中便生出一种不可或缺的主宰力量，那就是自制力，它是区别人与动物的重要特性，也是人与人有所差别的关键。要想管理好自己，首先应具备自制能力。

现代社会中，充溢着各种各样炫人耳目的名利诱惑。芸芸众生，多数人都在围绕着"利"这个圆点，不停地在忙碌着。管得住自己的人，追求的东西少，所以跑的圆圈也小一些，自然就会轻松很多。在发觉自己的欲望稍有膨胀之时，也能够凭自己明辨是非的理智和觉悟，及时收敛，将欲望控制在合理范围之内，并以己之力，取己当得。而管不住自己的人，追求的东西多，跑得圆圈就大，所以，整天感觉就是个累。其中，很多管不住自己的人，对名利和财富充满了高度的依赖，也一直以追求名利和财富为最高的人生理想，于是都纷纷奔走在拥挤的名利和财富路上。有些人，对名利和财富的贪恋之欲不能控制，轻则患得患失或被欲望的绳索捆绑得动弹不得；重则被欲望冲昏了头脑，丧失了理智，做人做事不计后果，无所不为，把自己一步步推向深渊。

"君子爱财，取之有道。"这里的"道"指的是原则，讲的是合法、合理之道。一个正直的人不会吝啬接受财富，但对不合法不合理之财是绝对不会沾染的。因为那些不义之财会让自己时刻受到欲望的牵制，到头来受到精神和良心的谴责或折磨，最终会落得个失去人身自由的下场。

　　管理好自己，能够随时随地地体会快乐。工作时间越长越不难发现，累人的不是工作，而是工作中可能遇到的一些不对路子的人。如果凡事与其斤斤计较，就会被负面情绪牵着鼻子走，让自己陷入无谓的琐事之中，那你还怎么笑对人生呢？法国作家莫鲁瓦深刻地说出了这样一席话："我们常常为一些微不足道的小事失去理智，掐指算算，我们活在这个世界上也就几十年头，但是我们却为了纠缠那些无聊琐事而白白浪费了太多的宝贵时光。"说的也是，假如你过分为一些鸡毛蒜皮的小事困扰，那你将错过人生许多美丽的风景。人生如此短暂，生命转瞬即逝，在这么一个有限的人生中，无论是贫穷还是富贵，不论你将来度过什么样的人生，记住，最该珍惜的就是自己的快乐，如此，你的人生才会变得快乐幸福。

　　管理好自己，做一个内心纯净的人。对于每个人来说，做人要干净，乃是贯穿生命始终的课题，也是做人的原则和底线。非常欣赏网络上流传的这段话："人生如同一场旅程，有山穷水复的困顿，亦有柳暗花明的惊奇。至于为什么做人要干净，却是需要相当的人生经历才可以想得到、搞得懂。其实，答案既不深奥也不神秘：外貌洁净是人区别于动物的鲜明标志，内心纯净更是人与禽兽的根本不同。"

　　内心纯净的人，无论世事如何纷繁复杂或浮华喧嚣，都始终能够保持自己内心独有的纯真与善良。现实中，不偏不倚摆正自己的位置，看清自己的方向，懂得充分履行自己的责任，坚守自己的原则和底线。即使置身于复杂世事之中，也要时刻保持清醒的头脑，不以世俗之心，忖度自己的言行。

信念如磐才能成就未来

　　古人说："万物得其本者生，百事得其道者成。""本根不摇，则枝叶繁茂。"对个人而言，信念是指坚定不移的观念和真诚信服与坚决执行的态度。它是生命的本根，是思想的"先行官"，决定一个人的人生态度和发展方向。它更是一个人成功的起点，是托起人生大厦的坚强支柱。如果你的信念像磐石一样坚固，你就一定能够创造人生奇迹。

　　人的一切决定、思考、感受、行动都来自于信念的力量。列宁曾说："没有原则的人是无用的人，没有信念的人是空虚的废物。"信念的力量是惊人的。有正确信念的人，无论面对怎样的环境，面对多大的困难和挑战，都敢于直面自己的人生，坦然面对困难和挑战，永远不会轻言放弃自己的追求和希望，放弃对生活的热爱。心头有了正确的信念，并努力去拼搏，就可以使你脚踏实地地突破各种障碍，改变不利甚至恶劣的现状，获得比较圆满的人生结局。而没有信念的人，犹如行进在黑暗之中，没有目标，没有方向，活一辈子只能随波逐流，浑浑噩噩，得过且过。

　　信念能照亮一个人的人生之路，但是光有信念也不行，需要行动作水分，需要坚持作养料，才能"枝叶繁茂"。所以，信念必须付诸日常的学习、工作和生活中，并坚持做好每一件该做的事情，才能在平凡岗位上作出不平凡的业绩。无论做什么事情，顺境的时候，只要做到精神高度专一并有耐心，坚定不移地向前走；逆境的时候，也照样以坚韧不拔的毅力坚定不移地往前走。即使一次次跌倒后，也要一次次再爬起来，以"必须做到"或者"一定能做到"的坚定信念做支撑，才会使自己的理想实现，才不会一直遥遥无期。

坚定自己的信念有时是比较困难的，因为多数人的意志力容易受外界的干扰而变得摇摆不定或坚持不住。当今社会，不论在求学中还是在工作中，每个人都有自己的梦想，有些人能够实现自己的梦想，有些人的梦想最终则化为泡影。区别就在于成功者们，在面对现实的挫折、生活的困扰、他人的质疑和嘲笑时，能够始终紧紧地攥住自己信念的"苹果"，专注于自己的目标方向，并为之付出不懈的努力。他们绝不会犹豫不决、停滞不前，或转身逃跑。其实，很多时候，打败你的不是别人，也不是外部环境，而是你自己，尤其是人在生命的极点时，在或许不可能的情况下，你是否能够奋力一搏，是否愿意再坚持那么一下？

信念可以统摄灵魂，它会导致人们的行为发生改变，不同的信念能够活出不同的人生，就看你自己怎样选择，想活出一个什么样的人生，要留下什么，放弃什么。比如佛家的信念是善有善报、恶有恶报。假如把追求名利和财富的多寡、社会地位的高低等不正确的价值观确立为自己信念的话，就有可能为达目的不择手段，作出许多践踏社会公平正义的事来。

对党员领导干部来说，如果丧失和背叛了信念，就会在万花筒般变幻莫测的社会现象面前感到困惑，在喧嚣的社会生活中感到浮躁，在涉及大是大非的原则问题面前摇摆不定，在各种各样的诱惑面前因缺乏定力而失守，最终与自己的信念初衷背道而驰。

一个人，无论经历多少苦难，只要拥有正确的信念，并坚持不懈地努力着，奋斗着，总有一天，你会心想事成，梦想成真，活出自己生命的光彩！

拥有了自信就一定能展现非凡的才能

有位哲人说过："一个人，从充满自信的那刻起，就仿佛有无形的手在帮助他。"也有人说："自信直接决定一个人一生的成长。"是的，这就是自信的力量。一个人，一旦拥有了自信，就对自我的能力有了一种坚定的信赖，并能延展和提升自己的自尊水平，从而展现出自己非凡的才能。

一个充满自信的人，在自己一贯的表现中也会显得非常负责任，非常有担当，久而久之就会给人留下一种非常踏实的印象。反之，如果不够自信，就有可能受自卑、懒惰、安于现状、不思进取、自我埋没等观念限制，遇到问题绕道走，或者在问题面前选择逃避，丧失尝试的勇气，往往会错过改变命运的有力契机。

古人说："人不自信，谁人信之。"大部分具有自卑情结的人都存在信心不足问题，总觉得自己方方面面不如别人，怀疑自己的能力，甚至垂头丧气，一蹶不振。自己如果不坚强，别人是不会替你勇敢的。一个人，如果在自己心目中都不敢确立自己就是优胜者的意识，不敢相信自己的能力、决策和判断，对自己能否成功都心存疑虑，那么自然也无法获得别人的信任，也不敢保证遇到困难他不会打退堂鼓，更没有什么资格抱怨自己空有才华而无法施展却总在原地踏步了。

虽然每个人可能都曾有过自卑情结，但并非人人都把自己的人生建筑在自卑情结之上。在漫长的人生旅途上，一帆风顺只是人们的一种期盼，让人不期而遇的逆境在所难免。每当遇到那些大大小小的坎儿，真正自信的人，都能够保持自信和乐观的态度，客观地评估自己当下的强项和弱势，坦然面对外界的非议和质疑。他们清楚地知道自己应该原谅什么，学会什么，坚持什么，并能不断挑战自我，充实自我，让人生富有张力和韧性，从而成为掌控命运的主动者。正所谓"自古雄才多磨难，从来纨绔少伟男"。

充满自信，还能够让人正确、果断地遇见和处理问题。世界著名指挥家小泽征尔曾在一次指挥大赛决赛中，敏锐地发现乐谱中有不和谐的声音，重新演奏后依然觉得不对，他坚信，一定是乐谱出了问题。当时，在场的所有权威人士都说乐谱没有任何问题，是他自己错了。面对众多音乐界权威，小泽征尔考虑再三后，斩钉截铁地说："不，一定是乐谱错了！"话音刚落，掌声雷动，原来这是评委们故意设下的"圈套"。他的这份自信，源于坚持自己正确的信心和抵抗质疑的勇气，这也是他渊博的学识和经验沉淀的结果。

扬长避短是提升自信心的有效法宝。从事自己真正热爱并擅长的事业，往往会不遗余力地去追求，并不断将自身的潜能发挥得淋漓尽致，往往能取得事半功倍的效果，自信心也因此得到极大提升。反之，勉强做自己不喜欢或没把握的事情，即便付出了百分之百的努力，收到的也可能是事倍功半的效果，还会极大地挫伤自己的自尊心和自信心。所以有人说，产品放错了地方是废品，人才放错了位置是庸才。看来，从事自己真正适合并擅长的职业是多么的重要啊！

当然，自信，绝不是孤芳自赏，更不是盲目自大。拥有高度自信的人，不会因为自己的某些方面突出而自鸣得意，更不会因鲜花和掌声而桀骜不驯，而是一种积极的人生态度，更多的是对自我能力的一种肯定和认同。

　　人生没有成功便失去意义，人没有自信便失去成功的可能。自信是人生价值的自我实现。有了自信，你将由怯懦变得勇敢，由安于现状变得奋发图强，由不思进取变得奋勇争先，从而让自己的人生充满无限的可能。

依赖别人，不如靠自己努力

  人，要靠自己活着，而且必须靠自己活着。不论在人生的哪个阶段，都应该尽自己最大的努力达到理应达到的自立水平，并拥有与之相适应的自强自立精神。

  习惯依赖别人的人，一般情况下，都存在较强的依赖心理。这样的人，在家习惯依赖亲近的人，在外习惯依赖上司、领导和同事，遇事的时候，假如没有人可依赖，就会感觉心里没底，或者六神无主。他们大多自信心不足，凡事不能自作主张，不能自作决策。不管遇到什么事、什么人，总是习惯先观察别人怎么看、怎么想；做事时也总是追随别人、求助别人；别人说什么就是什么；别人做什么自己才敢去做什么，凡事让别人去思考、去计划、去工作。活了一辈子，却始终没有活出自己！

  事实上，工作和生活中最大的危险，就是依赖他人来保障自己。一味地依赖他人的人，将永远也强大不起来。个人能力不强，总想着去靠别人，求别人，总是将希望寄托于别人的帮助，或者希望从别人的帮助中获益，等着别人拉扯一把，等着好运降到自己头上，等着亲朋好友能在经济上接济自己，就相当于把自己的前途、命运的"绳子"交到了别人的手里，就会受制于人，任人摆布，或者让人牵着、推着走。这样习惯靠着别人的肩膀、享受着对别人的依赖，的确是很舒服、很惬意，但会让一个人失去独立思考和行动的能力，自己不愿动脑、不愿动手，不自强自立，最终将一事无成。"靠山山会倒，靠人人会跑。"无数事实证明，有依赖就有期待，有多大期待，就会有多大失望。

依赖，是对自己生命的一种束缚。对个人而言，与所谓的家庭背景、雄厚的资本实力以及亲朋好友的扶持相比，做到自强自立更为重要。一旦走上了自强的道路，你的力量将是巨大的；一旦自立起来，无论前路遇到多么大的困难和挑战，你都能克服。依靠自己，尊重自己，不接受他人的施舍，不等待命运的馈赠，自己的命运自己主宰，自己的前途自己把握，人生的目标和梦想也要靠自己去实现，才是最靠谱的，才是最有安全感的。在人生的道路上，即使你驾驭的是一匹羸弱的老马，只要缰绳掌握在你的手里，你就不用担心是否会陷入人生的泥潭。

自强自立的人，对自己的人生意义有独特的领悟和坚守。对从哪儿来，到哪儿去，应该坚持什么，放弃什么，都有一定的想法，有自己的主见。他们不轻信，不盲从，也不会人云亦云。遇事能够独立思考，凡事亲自动手，既不活在虚假的面具下，也不过于太在意别人的看法，或时时处处顾忌别人的感受而委屈了自己。他们能够做自己的主人，满足的是自己内在的需要，不靠世俗的评价堆砌，拒绝做任何自己不想做的事；不随外在环境与自身欲望流动而焦躁不安，不为外物和他人所左右而坐立不宁。他们总是能够担负起自己生命的责任，掌握自己人生的主动权，绝不会让别人驾驭。他们懂得必须坚持原则，有时"该出手时就出手"，同时也懂得适时适度、有理有节，需要时也能坦诚地陈述己见，不唯上不唯虚只唯实。

一个人，从降生，到学走路、学说话、学知识、挣钱养家……真实人生的风风雨雨，无法预料的难题与处境，只有靠自己去经历、去体会、去感受，其他人都不可能为你提供永远的庇护。要想过上自己想要的生活，就要自己掌握好自己的人生方向，把握自己的人生目标；就要有深度思考的能力，有自己的主见，懂得自己解决问题。唯有自己，才是最靠谱的依靠。只有依靠自己，才会变得更加有力量，才能配得上高贵的东西。

选择从事自己热爱并擅长的事业

　　兴趣永远是人生最好的老师，人要想生活得自由自在，就要选择自己热爱并擅长的事业。每个人都是自己的设计师，而选择是把握人生命运最伟大的力量。选择对了，自己的辛勤努力付出就能有一个好的结果；选择错了，往往会使自己的努力付诸东流，甚至还可能损失惨重，使自己的人生贬值。

　　"人生的悲剧说穿了就是选择的悲剧，随便选择将失去更好的选择。"人这辈子最可怕的，就是活了一辈子，却发现一切都不是自己当初想要的。做着自己不喜欢的工作，读着不感兴趣的专业，过着自己不想要的生活……这样的人生，即使疲于奔命、身心交瘁也是不断重复别人的想法和意见，活的不是自己生命的本色，也活不出快快乐乐的自我。所以，只有选择从事自己热爱并擅长的部分延展发展的事业，才能善用自己的才干和能力，并且有最佳的发挥。这样也可以拥有与自己性之所近最相宜的生活，也能活出璀璨夺目的自我。

　　汉姆生曾说："热爱他的职业，不怕长途跋涉，不怕肩负重担，好似他肩上一日没有负担，他就会感到困苦，就会感到生命没有意义。"如果你热爱自己所从事的工作，无论工作多么繁忙，你也丝毫不觉得这是一种苦、一种累，或是一种折磨，反倒是一种享受。慎重选择自己的职业，科学、合理设计自己的职业发展方向很重要。在竞争日益激烈的当今时代，只有正确认识自己，了解自己的竞争优势，才能更好地把握个人潜能，才能顺利实现自己的预定目标。

托尔斯泰曾说："人生目标是指路明灯。没有人生目标，就没有坚定的方向；而没有方向，就没有生活。"对于一个想成就一番事业的人来说，没有志向和目标的人生，犹如大海上一艘没有舵或看不到灯塔的轮船，即使船体结实、马力十足，也会迷失在茫茫大海中一样，最终碌碌无为地过一生。但人生最重要的，不在于目标如何宏远，或者如何踌躇满志，而是做自己热爱并擅长的事。

对自己的职业生涯有了正确的方向和目标，有了合理、可行的规划和愿望，并付诸脚踏实地的实际行动，你就会有一种顺境也好逆境也罢都勇往直前的渴望和动力。就会自觉地、果断地坚持着自己热爱的事业和生活，锲而不舍地为即将面临的任务及未来的目标而努力储备足够的热情和力量，就会极大地发挥自己的最佳才能，就更容易取得事业成功，甚至辉煌成就。

专心做自己热爱的事情，精力便能够集中，也必定有所收益，除了懒惰和自我怀疑，没有什么能够阻止实现自己的理想。在这个浮躁却又瞬息万变的社会，行走在追求梦想的路上，有时会急于求成，在还没有了解清楚自己的能力、兴趣、经验的情况下，便一个猛子扎进一个过高的目标中，所以不得不重新回到原点，造成精力和时间上的浪费。有时还会遇到所谓的"导师"告诉你一些这样那样的"人生经验"，令你充满种种疑惑，但别人的知识和经验，永远不可能完全适合自己真正想要的，如果没有自己的主见或定力而"随波逐流"，很容易产生挫折感和种种焦虑，使自己迷失和被淹没在各种目标的结果中，偏离正确的人生轨道。

有人说："朝着一定目标走去是'气'，二者结合起来就是志气。"做人有志气，做事有志向，从事自己具备一定优势并富有创造性的工作，这不仅关系到你立志希望在该领域有所成就，也关系到你今后的人生是否快乐。对于工作两年后的你，再次面临人生的选择，博士选择读自己热爱的专业，可以让一切变得有意义，让生活充满希望和韵味。因为热爱，能让你无论面对任何艰难困苦也永不放弃；因为热爱，让你从平凡到不平凡；因为热爱，让梦想能在富有激情的时间里逐渐完成最好的蜕变；因为热爱，让自己的一生都被幸福和快乐充盈。

爱憎分明也要把握好分寸

在人的一生中，最难把握的就是分寸。做人能够恰如其分，做事能够恰到好处，这是人生的大学问。做人做事把握好分寸，在一定程度上，也就把握住了自己的命运。

一个人，做到爱憎分明不容易，而同时做到分寸适当就更加不容易了。做人做事虽然要讲原则，但如果太原则、太教条，就把握不好一个"度"，这就要求人们矫枉切勿过正。"度"在哲学上作为量和质的统一，包含了一定的量和质。在"度"的范围之内，事物性质不会出现根本性的变化，而一旦超出了这个度，事物的性质可能就会发生变化，正如水在100度之内仍然是水，可一旦烧开便变成了蒸汽一样。

人无完人，即使是一个很优秀的人也不免会伴随着不足，因为许多事情事先没有准确标准，人们一般都是凭着各自的经验来把握的，都有一个度的衡量。比如，清正廉洁的人可能会因为疾恶如仇而流于偏激，豪爽直率的人可能会因为直言快语而伤人伤己，宅心仁厚的人可能会因为心肠太好而原则性不强，善于观察的人可能会因为明察秋毫而不轻易饶人，等等。所以，为人处事，只有发挥自己的优点，同时又能克服自己的弱点，才能做到不偏不倚、恰如其分。但在法律法规规章制度面前，必须不折不扣地遵循，否则，没有主见地一味跟风，不加分辨地随意苟同，没有原则地随波逐流，势必会丧失做人的起码原则。

不论你在什么样的工作岗位，也不论是什么样的职级，都有自己的上司和领导，如何与他们相处就是一件颇让人费思量的事。如果与上司、领导关系融洽，就能得到上司、领导对自己工作的支持、指导和帮助，否则，可能就会感觉很"累"，甚至影响自己的进步。不管怎样，对待自己的上司、领导，要把握好分寸，做到礼节有度，一般人都会得到以礼相待的。但不管时事如何造英雄，环境如何塑造人，在自己的上司、领导面前，都不要恭敬过度、低眉顺眼，或唯唯诺诺、奉承谄媚，总是"做出"一副好笑脸。

对那些爱无事生非、背地里乱嚼舌根、挑拨离间的素质不高或心术不正的小人、坏人，我们常常心生厌恶，但又顾忌重重，想要敬而远之。与其连人带事地揭露、批评他，而招致那些小人、坏人更多的构陷诬害，倒不如真诚地去教育感化他，给他一个改过自新的"面子"和机会，这也需要有一个度的把握。

工作和日常生活中，我们也常常会遇到"分寸"的把握问题，比如，炒菜，盐放多了咸，盐放少了淡；裁衣，尺寸大了肥，尺寸小了瘦；工作，追求完美说你出风头，干得少了说你懒政……很多时候，我们遇到最多的困惑就是"把事情做到什么程度"合适？对于这个问题，一般人会习惯于按照自己的价值观和生活准则率性而为，却很少对"分寸"问题考虑周全之后再行动，结果往往会出现许多不足和遗憾。有时，这也不同程度地会影响着人们的工作和生活质量，甚至给自己带来不必要的麻烦与隐患。有时，分寸也潜伏在一系列的转化之中。如果超越它，好与坏、善与恶、爱与恨、喜与悲就自然会发生一系列的转化。

"水至清则无鱼，人至察则无徒。"为人处世中，如果过于苛求别人的一举一动都完全符合或满足自己的标准，容不得别人行为上有一点点过失、性格上有一点点差异，那就找不到志同道合的朋友或伙伴。做人，棱角太分明，冷面无情，伤人亦伤己；太圆滑，时时处处算计人、防算计，就会被敬而远之。只有外圆内方、刚柔并济，才能在纷繁复杂的人际关系中泰然自若，游刃有余。

改变别人，不如改变自己

在英国闻名世界的威斯敏斯特大教堂地下室的墓碑林中，有一块名扬世界的墓碑，在这块墓碑上，刻着这样一段话：

> 当我年轻的时候，我的想象力从没有受到过限制，我梦想改变这个世界。
>
> 当我渐渐成熟的时候，我发现我不能改变这个世界，我将目光缩短了些，决定只改变我的国家。但是，我的国家似乎也是我无法改变的。
>
> 当我进入暮年后，我的最后愿望仅仅是改变一下我的家庭。但是，唉！我亲近的人——他们根本不会轻易接受改变。
>
> 当我躺在床上，行将就木时，我突然意识到：如果一开始我仅仅去改变我自己，然后作为一个榜样，我可能改变我的家庭；在家人的帮助和鼓励下，我可能为国家做一些事情。然后谁知道呢？也许我连整个世界都能够改变。

这断墓志铭令人深思。工作和生活中，我们总会遇到一些看不惯的人，总想让那些人因自己而改变，殊不知，最应该改变的恰恰是我们自己。

一个人，时刻与自己相处着，有时最不了解的恰恰也是自己，不能正确地认识自己，不能对自己的处境，对自己的工作能力，对自己的学识水平等情况有一个准确的了解和把握。不明白自己真正需要什么，暂时能做什么、不能做什么，尤其是刚步入社会中的年轻人，有许多人还没有完全成长起来，却要承受选择职业、养家糊口、职场竞争等种种压力。如果对自己期望过高，理想的实现在现实中打了折扣，就很容易有挫败感。当自己不得志的时候，以为安分守己、与世无争就是自己的明智之举，而每当看到别人的成功时，也许会倍感失落。

其实，有很多事情会让我们感到很无奈，有的是与生俱来的，有的是一时无法选择的，有的则是无法改变的。比如，家境出身一般、工作不理想、同事不友善、个人发展前景不佳、住房不够大等等。对于自己无法改变或一时难以改变的事情，如果将责任一股脑儿地都推给社会、推给单位或推给他人，总是苛求客观因素的不如意，好像一切都与自己毫无关系，一味地怨天尤人，主观上又不积极作为而努力改变现状，那么你就会活得很累、很痛苦、很纠结，还有可能毁了自己当下拥有的。

生活中的许多事情，是不可能完全按照某个人的个人意愿行走的，有些不公和不幸，你无法逃避，也无法选择，与其太过强求或痛苦挣扎，不如改变自己的心态，坦然面对，学会适应，学会接受，顺其自然。但是，"顺其自然"并不意味着放弃追求，听天由命，逃避困难和问题，而是以恬静的心态、冷静的头脑告诫自己，不论身处何种境遇，凡事都不要盲目做决定，不凭个人的好恶和认知办事，不一味地苛求改变环境或者改变他人。

每一个人都是一个独立存在的生命个体，注定会在世上存在并显示自己存在的价值。在追梦的路上，每个人都可以选择自己的生存环境，也都不可能一帆风顺，总会遇到这样那样的挫折和困难。而这些所谓的"磨难"其实都是促进你一步一个脚印走好、走稳自己路的"清新氧气"。只要你找到真正属于自己的人生定位，并不断地去适应环境，不过分追求所谓的"成功"招牌，一心一意去做就好。一旦时机成熟，就一定能够实现自己的梦想。反之，如果选择了屈服，听天由命，那就只能庸庸碌碌地过一辈子。

对于自己看不惯的人和事，在没有了解清楚其本人人品，没有弄清楚事情真相之前，最好不要百般思量、劳心劳神、徒劳无益地试图改变，或者为此就自暴自弃式地仿佛要把人情冷暖看淡，把世态炎凉看浅一样，这样为人处事，有时可能会有些简单，对自己没有多大意义。比如，生活中曾遇到过一些自认为看过很多书的人，遇事总爱钻牛角尖，愤世嫉俗，看这个也不顺眼，看那个也不顺眼，总希望别人都能按照自己的评判标准去改变，结果，不但改变不了被人，自己也整天窝一肚子火。

其实，对于成年人来讲，每个人都有自己的生活方式和评判标准，刻意改变别人可能事倍功半，努力改变自己则事半功倍。只要你不亏待自己的每一份热情，不挥霍自己的每一份信任，不讨好任何的冷漠，不为难自己，不怠慢自己，能够变通地处理事情，就是一种不断适应环境、改变自己的生存智慧。

永远不要把自己太当回事

　　人生在世，都希望自己活得体面些，希望别人在乎和尊重自己。虽然，做人一定要有尊严，但不宜拿自己太当回事，不过分强调自己的分量，这样更容易获得他人的敬佩和认可。如果姿态过高，处处想显示自己高人一等的优越感，在不如自己的人面前沾沾自喜或趾高气扬，无形之中就成为对他人自尊和自信的一种挑战与轻视，极易让人反感，对你敬而远之。

　　其实，在别人眼里，你只不过是一个过客，一个朋友或一个龙套人物而已。人们各有各的工作和生活，各有各的境界，各有各的自在，都在忙着各自的事情，谁都不会用过多的时间和精力去"关注"你。如果太把自己当回事，处处展现自己，或者踩着别人以显示自己的高贵，希望自己的一举一动都能受人瞩目，就免不了会受到各种伤害。

　　无论处于什么样的地位，有多么渊博的学识，有怎样傲人的资本，在匆匆的人生旅途中也只不过是别人眼中的一道风景，特别是在一个群体里，每个人终究是独立的个体，多一个少一个，对他人、对工作都不会有太大影响。如果把自己看得太高了，超出了自己的实际，就很难有所进步。

　　有些太把自己当回事的人，总是仗着自己有一定的身份地位或有点小学问、小智慧，喜欢指点江山，挥斥方遒，盛气凌人，居高自傲，或者时常"教导"别人如何如何，从不把别人放在眼里，有意显得威风、高贵、了不起的样子。尤其是一些基层干部，视自己为主宰，看群众为"阿斗"，群众观念淡薄，独断专行，就连说话、走路、办事也要打足官腔，摆足官架，结果不是脱离群众，就是走向群众的反面。

有些过高估价自己的人，心态浮躁，大事做不了，小事不屑一顾，结果往往在现实中到处碰壁，毫无建树，最后还抱怨自己"怀才不遇"或"大材小用"。

一个人，无论多么有才华和能力，无论有什么样的身份和地位，都别太把自己当回事。如果不懂得谦逊待人，不但不会得到外界的认可，也不会得到他人的信服和尊重。越懂得谦卑的人，越会放下身架去平等待人，虚心求教。这不但无损于自尊，反而能获益更多，也更能让人发自内心地敬重和信赖。

每个生命都不卑微，都具有特殊才能。每个人的人格都是平等的，都应该受到同等的尊重。人人都有面子，人人都要面子。永远不把自己太当回事，是一种心智的成熟，体现做人的谦和内敛，以公正之心平等待人的美好情操和风范。

人贵有自知之明，正确认识自己，对自己有客观公正的评价，清楚自己的长处和短处。既不自以为是、妄自菲薄，也不骄傲自满、自命不凡，踏踏实实做事，团结友爱、诚实守信待人。这样，个人的能力才能得到充分发挥，人生的价值才能有很好的体现。

永远记住：谨慎没有过头，谦虚没有界限。

勿以完美心性苛求自己

工作和生活中，有时我们会有一种追求完美的冲动，凡事喜欢以"最高标准"苛求自己，同时对身边人也会多了几分苛求或指责，力求所做的每一件事都务求完美无缺，似乎不把事情做到完美就不善罢甘休，认为只有这样，才能获得尊重和认可。一旦自己在某些方面表现得不够完美，就会唉声叹气、自责不已。

苛求完美，这种自我给予的主观压力，一方面能促使一个人要求自己严格，能够不断上进，不断提升能力，向更高的目标发展；另一方面，也是一个沉重的精神负担，对自己对他人常常挑剔，总不满意，自己活得不快乐，也使身边人倍感压力。一旦自己的预期难以实现，就很容易产生挫败感，甚至使自己变得焦虑或急功近利。有的苛求完美者在做事的过程中，还会因过于追求完美的细节而因小失大、忽略重点，把事情弄坏。

完美主义者一般都很优秀，自我要求高，有时还会以对自己的要求和标准去要求或评价他人。一旦他人达不到其理想中的标准，就很容易对他人产生偏见或怎么都看不顺眼，甚至强人所难，让人吃不消。

世界上不可能有十全十美的人，谁都是上帝咬过一口的苹果，都有自己的长处和短处，有自己的错误和过失，有自己的人生缺憾。即使是中国古代的四大美女，也各有不足之处：西施的脚大，需穿长裙遮盖，才有了长裙飘飘的感觉；王昭君的双肩仄削，喜欢穿蓬松的斗篷，才显得娇媚动人；貂蝉的耳垂小，须佩戴独粒大宝石圆耳环，才显得俏丽；杨玉环有腋臭，须佩戴香囊掩盖，才有了动处香风飘拂。由此可见，有些自己无法控制和改变的一些遗憾，反倒能够使人尽最大努力去使它更加完美一些，从而让自己的未来有无限的转机，增添无限的可能性。

也许，人生中的不完美，曾经在某一段时间撕裂过我们的生活，造成过人生的断层，但它也是砥砺自己的意志，不断自我完善的机会。如果你过于挑剔，把完美当作一种现实的存在，凡事强求绝对的完美，无论对自己还是对身边人都是一种负面的情绪体验。有时可能因为心中最想做的事没有做到，最想要的东西没有得到，即使已经到手的东西也难免会看着不顺眼，从而白白错失了幸福和快乐的机遇。这可是一种自己过于追求心目中的完美而造成的遗憾。

而追求卓越与苛求完美有所不同。追求卓越者是把完美当作一种尽力做事的态度，而不是苛求自己的行动。追求卓越者能够坦然接受并正视自己的不完美，允许自己有瑕疵或弱点，从而不断完善自己，尽最大努力使自己更完美一些。

不论是为了生活而工作，还是为了工作而生活，都应秉持一种务实的心态，相信自己，善待自己，打破思想和行动中的禁锢，卸下"完美"的担子，在带着缺憾的真正的人生中，不苛求自己，也不苛求别人，更好地进入自己"适应"的人生角色。

第二编 谦虚低调做人

要大气做人

大气，是指一个人做人做事所具有的态度、气质、修养、学识等综合素质的外在表现，在做人做事、看待问题上有远大志向，有远大格局，不狭隘，不偏颇。志向决定方向，格局决定高度，大气做人，人生从容。

大气之人，做人做事有底气，底气来自其思想的实力和行动的实力。一个人在自己成长的过程中，一方面，不断获得自己所需要的学识、见识、品德、修养等做人做事的底料；另一方面，也不断摒弃自身可能存在的好高骛远、心胸狭隘、争强好胜、虚名虚利等做人做事底气不足之心。大气之人，一般都是历经生活实践的磨难和困苦，历经岁月的沉淀和人格的蓄养才逐渐成熟、成长，最终豁然贯通、水到渠成的。正应为如此，他们才具有了深厚的知识底蕴和丰富的灵魂，具有了高尚的品格和超凡的志趣。也正因为有足够的底气做支撑，所以才撑大了格局，拥有了强大的内心，使自己能够执着于自己的信念和目标不动摇，专注于自己远大而清晰的人生目标并付诸自己的实际行动。大气之人，不会因环境的不利而妄自菲薄，因暂时的能力不足而自暴自弃，因一时的胜利而忘乎所以，或者居功自傲。他们在痛苦、迷茫和挫折面前，不会轻易陷入各种情感、得失的纠葛，也不轻易被各种琐事所牵绊，即使遇到麻烦事，也总能以宽广豁达的心胸稀释自己的痛苦和烦恼，依然保持着平常之心，坦然面对生活。

大气之人，做人做事有正气。正气是指人光明正大、刚正不阿，这是一个人做人做事的根基，也是抵御歪风邪气的"屏障"。做人，正气长存，则邪气却步、阴霾不侵。正气长存，则清风浩荡、乾坤朗朗。不能坚持这一点，必入邪路或不归路。一个人的正气，靠的是正义和道德的日积月累，这只会存在于真君子的身上，绝非小人或伪善之人挂个招牌就能拥有的。而保持浩然正气，就必须做到自重、自省、自省、自励，时时处处以激浊扬清、弘扬正气为己任，使正气日盛，邪气渐消。养正气，首先就要立志，立什么样的志，就会养什么样的气。元代王冕在《墨梅图》一诗中说："不要人夸好颜色，只留清气慢乾坤"；西晋思想家、哲学家杨泉说："一生正气为人师，两袖清风能生威。"做人做事有正气，就能在纷繁复杂的社会中，做到"万法不乱心，万物不遮眼，万事不碍行"。

大气之人，做人做事有骨气。骨气指的是人的原则性。孟子说："富贵不能淫，贫贱不能移，威武不能屈，次之为大丈夫。"说的是，骨气是一种英雄气概，也是人的尊严和人格。人有志，竹有节；不怕人穷，就怕志短。有骨气的人，对上不阿谀奉承、不唯唯诺诺，对下不自命不凡、颐指气使；不为金钱物质而盲目，不为奢华而轻易地搁置自己的一生。该直的时候坚决不弯，该硬的时候绝对不软。毛泽东同志的"恋亲不为亲徇私，念旧不为旧谋利，济亲不为亲撑腰"的三条原则，为我们处理亲情与原则的关系给出了最好答案；陈云同志的"不唯上、不唯书、只唯实"，为我们处理压力与原则的关系留下了九字箴言；习近平总书记的"既要金山银山，也要绿水青山"，为我们处理利益与原则的关系提供了不二法宝。总之，处理原则与其他各种问题的关系，最科学、最正确、最有效、最聪明的方法，应该也必须选择坚持原则。

大气之人，做人做事有志气。志气，指的是人积极上进和善做必成的决心和勇气。生活中，每个人都会有一些过失和错误，都难免会遇到挫折和失败，难免会走一些弯路。当你遇到不公、失意、困难、羞辱甚至致命的打击而感到迷茫、无助、愤慨时，与其在叹息中蹉跎和顾影自怜，或者羡慕甚至嫉妒那些缤纷闪耀的成功人士，将自己的大好年华浪费在无谓的悲叹中，不如咬紧牙关奋起自助。回望历史，多少坚忍不拔、百折不挠的真英雄，比如，卧薪尝胆的越王勾践、感受胯下之辱的韩信、鸿门宴中脱离险境的刘备等等，哪个不是从挫折、屈辱、打击中奋起的？还有许许多多革命先驱和老一辈领导人，即使历经一系列重挫，也未曾将心中信念的火把熄灭。所以无论做任何事情，不怕万人阻挡，只怕自己投降，只要有"泰山压顶不弯腰"的志气，最终一定能够成功。

做人大气，方能成大器；做人大气，方能立于不败之地！

常怀感恩之心，幸福如影随形

感恩是一种积极乐观的生活态度，它决定着人的幸福指数。常怀感恩之心的人，懂得感谢命运和生活的馈赠，懂得感受和感激他人的恩惠，对他人、对社会就会多一分理解和感激，少一份挑剔和抱怨，从而能够获得自己内心安宁、提升自己的幸福感。这样的心态，也是克服自己人生路上任何挫折和磨难的钥匙。

尼采说："感恩即是灵魂上的健康。"懂得感恩的人，是一个有道德教养的人，是一个有健康心态的人，是一个有良知的人，他们总是以积极态度或积极进取的精神去回赠命运的恩赐，去回报他人，回报社会，回报自然，从而收获更多的人生幸福和生活快乐。生活中，他们时常感恩父母给予自己生命的伟大壮美和无私的爱，感恩爱人的理解包容使自己时刻享受无微不至的关怀，感恩志同道合的朋友真诚的友情和长久的陪伴，感恩新时代让我们尽享当下美好的幸福生活，感恩领导的关怀与信任赋予自己神圣的使命担当，同时，也感恩所有不期而遇的挫折与磨难对自己心智的磨砺，使自己的生活也因此变得更加澄澈明亮；感恩绊倒自己的人助长了自己的坚韧；感恩伤害自己的人练就了自己的精神，感恩……

中华民族向来是一个注重人情的民族。我们生活在一个人与人相互交往的社会中，或多或少会受到他人的帮助。俗话说，别人帮你是情分，不帮你是本分。对于他人的帮助和恩惠，使自己的心灵感受温暖和鼓励，应心存感激，铭记不忘"滴水之恩，当涌泉相报"。人与人之间一旦有了恩情，就会在平常的日子里，被温暖和情谊包裹起来，感知幸福，感受更多的美好。同时，从他人的帮助中汲取勇气和仁慈，在力所能及的时候去帮助别人，让博爱心、仁慈心、善良心、同情心像接力棒一样传下去，让每一粒爱的种子、每一份爱的缘分，在大家的共同努力下，开出更多灿烂的花朵。

不懂得感恩的人，永远也没有满足的时候，总觉得别人和社会都亏欠他的，对任何人、任何事都能挑出毛病并产生抱怨，却将当下已经拥有的一切都视为理所当然。在工作和生活中，即使有所付出，也是一边付出一边盘算着自己从中能得到什么，或者认为自己付出的太多而获得的回报却太少。这样的人，对爱是漠视的，人情味淡薄，将无法融入社会大家庭，也是在一步步封堵自己所有可能的路，又怎么能获得幸福的生活？

心存感恩，知足惜福，常怀感恩之心并知恩图报的人，才是一个真正幸福的人。所以，感谢命运，感恩生命中遇到的每一个人。感谢所有给予自己爱的人，并在爱与祝福中继续与幸福随行。

品德比才能重要

品德，包括为人正直、善良、真诚、宽容等，又具有强烈的责任心、进取心和事业心。自古以来，为政者大都看重一个人的品德，更讲究以德服人。而"温良恭俭让"作为人的一种内心品德修养的外在表现，既是做人之德，也是做事之器。

现代社会中，品德同样也是构筑一个人人生大厦的支柱，它决定了一个人在职业生涯中的方向和地位。一个人，如果能时刻与"德"为伴，并把它落实到日常的生活和工作中，落实到为人处事中，那他无论何时，无论做什么事，都能做到无愧于心，都能彰显出人性中的美好和温暖。所谓"得道多助，失道寡助"，要想得到别人的帮助，首先要有良好的品德。要想立身成事，人生之路畅通无阻，就要守住高尚的品德这张人格的名片。

在品德和才能之间，品德是才能的根基和向导。品德就好像火车的方向、路轨，才能就如发动机。假如方向、路轨偏了，发动机的功率越大，所造成的损害也就越大。意大利诗人但丁说："一个知识不全的人可以用道德去弥补，而一个道德不全的人却难以用知识去弥补。"一个人如果不重品德的潜修，精于算计，过分注重技巧、谋略和手段，即使才能卓越、能力超群，一辈子筑就的事业"高楼"，也不过是空中楼阁，不可能长久稳固，有的可能还会给社会和组织造成危害。而一个才能相对不足的人，只要脚踏实地地付诸努力，也会拥有相应才华和能力的。

林语堂在《人生的盛宴》中说："大概因为文人一身傲骨，自命太高，把做文与做人两事分开，又把孔夫子的道理倒栽，不是行有余力，则以学文，而是既然能文，便可不顾细行……我想行字是第一，文字在其次。行如吃饭，文如吃点心。单吃点心不吃饭是不行的。现代人的毛病是把点心当饭吃。"他强调文人也应规规矩矩做人，注重品德修养，否则，即使拥有妙笔生花的能力，也只是空谈。如果缺乏德行，为人处事不能做到合情合理合法，就是一个潜在的危险，哪怕他颇具才干，但其对社会产生的危害却是不言而喻的。

《道德经》第三十八章中说："上德不德，是以有德；下德不失德，是以无德。上德无为而无以为；下德为之而有以为。"意思是说，上德的人不刻意显摆自己的德行，所以才真正有德；下德的人总是不忘彰显自己所谓的"德"，所以反而无德了。上德的人是公正无私而作为，面对功劳和诱惑总是显得无动于衷；下德的人是有私心的作为，即使没有什么作为，也认为自己大有作为。以老子的观点看，具备上德的管理者才是真正的好领导。这样的领导，懂得与下属同甘共苦，做出了工作成绩总是归功于下属，有时还故意把本属于自己的那份功劳让给下属。他们不论何时，都不会与下属争功。如果没有公德，时时处处以自我为中心，便不是一个合格的管理者。

圣贤认为，人心容易变坏，而良好的品德却不容易培养起来。其实，修身本不是一件一蹴而就的事，需要一个长期的过程。一个人，如果注重品德修养，就能时时端正自己的内心，见贤思齐、慎独自律、崇德向善，就能辨是非，明善恶，把握好自己的人生方向。随着日复一日、年复一年的学习、经历、感受和体验，终会无声浸润地沉淀为一种正直人格和深厚的品德修养。而一切轻视道德的威力，纵容自己为所欲为的人，都将难逃正义的审判。

努力做一个德才兼备的人，是时代发展的需要。"德才兼备"是全世界无数组织千百年都遵循的价值观和人才观。

一个人，要想出类拔萃，即使是才华横溢而品德不过关，也会随时迷失方向；如果只注重品德修养而不具备相应的才华和能力，也难以堪当重任。只有在积累才能的同时，自己品德的潜修，做到德才兼备，才能拥有高尚的品德及能够经得起品德检验的高尚的行为和能力，才能最终获得成功。

谦受益，满招损

《尚书·大禹谟》中认为：谦受益，满招损。谦虚可以使人得到收益，自满会招致损失。谦虚的人大多沉稳、智慧，内敛而不张扬，不显山不露水，不逞强不逞能。谦虚的人，即使学问广博，也总感觉自己还不够充实，进而时时更新自我，善采人之长而补己之短，从而始终保持长久不衰的状态。一个人，将自己的姿态放得越低，就越能从别人那里学到知识和智慧，同时也越能得到别人的尊重。

纵览古今中外历史，尧、舜之所以被称为圣人，就是因为其谦虚到了至诚的境地。孔子说："君子做人不自大，有功不自傲。"说的也是谦虚的道理。王阳明也说："现在人们最大的缺点就是一个傲字，千万种罪恶，都是从傲里滋生出来的。傲就是骄傲自满，不肯屈人之下。身为学子骄傲，就不能孝敬长辈；身为臣子骄傲，就不能做个忠臣。"哲学家苏格拉底每当被称赞学识渊博、智慧超群时，他总是谦逊地说："我唯一知道的就是自己的无知。"哲学家捷诺曾被问道："您已经是大哲学家了，为什么还要那么谦虚地说'人的知识就像一个圆圈，圆圈里面的是你已经知道的知识，圆圈外面代表的是你未知。圆圈越大的人就越会发现自己的知识很不足'？"

明白谦虚的道理并不是让人自卑自贱，而是有傲骨但不要有傲气，有自信而不自以为是。谦虚低调做人，展现的是一种谦逊的态度，不张扬、不做作、不露锋芒，即使水平高、能力强，也不自以为是、不自我夸耀。做人低调一点，也可以让自己少一点压力，活得轻松一些。

谦虚的对面是骄傲自大，世上的千罪百恶都产生于骄傲自大。有一些人，在事业上取得一些小小进步的时候，保持谦虚的态度还是比较容易的，而在事业取得较大成就或职位升到一定职级时，继续保持谦虚的态度，继续谦虚地、平易近人对待周围的同事、朋友，可能就难一些了。因为，人在得意的时候，稍不警惕，内心暗藏的骄傲也会潜滋暗长。一个人，一旦有了骄傲之气，往往就容易得意忘形或失意忘形，看不起不如自己的人。就算有了一些美德，有了一些能力，有了一些功劳和成绩，过分炫耀自己，轻视他人，也会让人打心眼里看不起的。

生活中一些学识、能力、水平一般，就自恃才华过人，半桶水很晃荡之人，有了一些小资本、小成绩、小功劳便四处炫耀自己的能力或魅力，处处爱表现自己，时时想显示自己的优越性，目的是希望得到他人的尊重和认可。这样的人，除了招人反感，还让人觉得其内在的肤浅。其实，早在几千年前，老子在《道德经》第八十一章中说："知者不博，博者不知。"意思就是说，真正的智者隐藏自己的智慧都来不及，哪里会到处炫耀，自以为是呢？一个人越是爱炫耀什么，说明他内心越是缺失什么。靠夸大事实来填补自己内心的虚无感，是一种不自信的表现。

作为一个人，尤其是一个自认为有才华有前程的人，无论有怎样傲人的财富、学问或容貌，无论有多大的名气，无论身处什么职位，都不应该对不及自己的人摆出傲慢的姿态，不看低身边的任何人。一个不愿放下身价的人，无形中因为缺乏内涵而贬低了自己，更没有必要四处炫耀。因为人性中往往有阴暗的一面，你一旦在别人面前轻易展示自己的全部才华与能力，或过分炫耀自己的财富或幸福等，或许你本身并没有夸耀逞强的意思，但别人可能早已看你不顺眼，因而把别人的嫉妒甚至伤害给自己招致过来。

　　内心强大的人都是谦卑的。他们拥有核心价值观，有如磐的信念、高尚的道德情操和顽强的意志力，有积极向上的思维方式和生活态度，有较强的综合素质和能力。内心强大的人，与亲朋好友相处，总会以谦卑、体贴赢得对方的好感；与周围的人能和睦相处，赢得胜利而不骄傲，能使人完全信服；与同事相处，遇到意见相左时，总能心平气和地阐述自己的观点，或暂时放下争论，待自己平静下来后再去解决问题。

　　无论做人还是做事，时时保持谦虚的态度，都是一种智慧和气度。谦虚做人，既能有效地保护自己，又能充分发挥自己的才华，还可以积蓄力量，悄然潜行中成就事业。

人生最好的境界是丰富的安静

　　著名学者周国平说："人生最好的境界是丰富的安静。安静是因为摆脱了外界浮名浮利的诱惑，丰富是因为拥有了内在精神世界的宝藏。"

　　现代人的生活，房子越来越宽敞，车子越来越高级，饮食越来越精细，衣着越来越艳丽，然而内心却仍然感觉不安和不满足，甚至比拥有之前更感到茫然和困惑，究其原因无外乎过于看重物质和金钱，而忽视心灵的修养。人的许多烦恼皆由心生，心浮气躁，心灵得不到安静。就算赚取再多的钱、升更高的职位、找更好的工作、住更大的房子、开更豪华的车子……，也不能拥有幸福、快乐、成功的高品质人生。

　　过于看重和追求浮名浮利，而忽视精神生活的丰富，即使得到再多的物质财富，也不能弥补精神财富的缺失。人的心理需要平衡，欲望太少缺少干事创业的动力，欲望太多心就难以平静，而人一切思想的混乱，一切的痛苦烦恼都源于内心不静。人的欲望没有止境，欲心杂念越多，就越容易患得患失，活得就越来越累。

　　《道德经》第三十七章有云："不欲为静，天下将自定。"意思是说：人没有过多的欲望，思想自然就归于安静，人一安静，天下自然也就安定了。老子告诫人们，欲望太多的人，内心就会被得失搅得没有一分安宁。只有克制自己过高的欲望，保持内心的宁静，才能心地宽阔，步履轻松，才能真正地成就自己的一番事业。

真正的安静是实在的、踏实的。能在让人眼花缭乱的各种诱惑面前保持宁静心态的人，始终都有很强的心理上的抗干扰能力，能以不变应万变。他们都具有高贵的人格修养，他们懂得世上没有免费的午餐，得到并享用"天上掉下来的馅饼"的时候，必然要付出相应的代价。所以，他们对天上掉下来的任何好处都能客观地保持一份冷静，做好接受后果的分析，才能做到不被任何功利目的所裹挟，从而在以后的行事中更加淡定从容，更加勇往直前和无怨无悔。

无论是在官场还是在其他职场，一些人之所以容易被那些所谓的"泥沙"所混染，政治生态的恶劣或社会环境混浊并不是理由。如果真正秉持了自己内心的清正，坚持了内心的原则，就会如同出淤泥而不染、濯清涟而不妖的莲花一般，任何浑浊的东西是动摇不了他的。

在越来越喧嚣的尘世里，保持一颗纯洁宁静的心灵，摒弃虚名浮利，销藏棱角锋芒，安之若素，沉静内敛。工作中，认真地投入，尽力做到最好，对上不阿谀奉承、唯唯诺诺，对下不自命不凡、颐指气使；视荣誉如过眼烟云，凡事不论人过，闲时不招惹是非。生活中，不炫耀、不攀比、不嫉妒，不为金钱物质而盲目，不为奢华而轻易地搁置自己的一生。在平凡而宁静的日子里，活着自己的执着、活着自己的简素、活着别人读不懂的痴醉，静享安然和美好。

任何时候都要讲究说话的艺术

　　说话是一门艺术，不同的词汇组合、不同的语气都会收到不同的效果。柏拉图说："智者说话，是因为他们有话要说；愚者说话，则是因为他们想说。"有的人说话能吸引人、打动人、说服人，让人愉快、使人尊重；有的人说话信口开河、拖泥带水、出口伤人，甚至说出蠢话、危险话、尖刻话几率比较高，招人反感、令人讨厌。有修养的人说话，绝不胡搅蛮缠。有知识的人发表意见，也绝不胡说八道、信口开河。

　　与人交往，言行举止往往与人的内心世界联系在一起。说话的目的，是为了把自己的内心想法告诉他人，使他人能够明白、了解、信服或者同情自己。话语具有即时性，一旦说出口，就像射出去的箭，"覆水难收"了。

　　舌头虽软，但却是善恶之源，一个人说话的好坏对其为人处事影响会很大。如果话说出口，别人没什么反应、不信服或产生反感，那就没有任何意义了，倒不如不说。如果由于一时兴奋或冲动，忘乎所以，在说话时只考虑自己"不吐不快"，而不去考虑对方的立场、观点、性格，而把不该说的话一股脑全都倒了出来，让对方对你有了别的看法，那就得不偿失了，尽管你具有"正义倾向"的性格。特别是在一个临时机构，直言快语是一把伤人又伤己的双刃剑，却并非披荆斩棘的"大砍刀"。如果你因为说话直而得罪了人，就千万别想依靠道歉来取得别人的原谅。哪怕是多么真诚的道歉，都有可能无济于事，他们不在上级面前毁你就已经算是有修养的了。如果因片面的观察或者主观猜测，就在背后对他人妄评妄论，一旦对方知道，别人就会因此认为你是一个品质低劣、说三道四的小人，并处处提防你、小看你，甚至在心里鄙视你。

有些人，初到一个新的工作环境，也许因为太想给新同事留下一个好印象，有时就很容易把他们都想象成好人，或被一时一团和气所迷惑，完全忘了"逢人只说三分话"的古训。相处久了，了解渐深，当你意识到知人知面难知心，对人交心是危险的，再想抽身回转时已经不可能了。由于你的拱手相让，受人摆布就是自然而然的了。如果你所在工作单位里，还不幸存在一个"长舌"的同事，那他无论走到哪里都会把你作为谈资，在一些吃瓜群众面前"炫耀"对你所谓的"知根知底"的了解，有时还免不了会挑起一连串的是非来，估计你在很长一段时间都会受这些较大的负面影响。

如果不注意把握说话的内容、分寸、方式和对象，说话不知轻重，不管该说的还是不该说的，张嘴就说，往往容易给自己招惹是非、授人以柄，甚至招致祸端。所以，不管任何时候，只要做到安身立命、适应环境，不该说的话坚决不说，比如违纪泄密的话、捕风捉影的话、披露悄悄话的话、轻易许诺或不着边际的话，以及轻易谈论自以为是的见解和发毫无价值的牢骚等等。这里特别强调的是：小至一个单位大至一个国家，在一定时期、一定范围内都有秘密，必须做到守口如瓶，不可泄露。否则，不会有好下场。悄悄话是朋友出于信任才对你说的话，如果披露出去会永远失去朋友的信任，有时如果把听到的悄悄话向外抖搂，还有可能会被人反咬一口。

　　谨慎是最好的护身符。古往今来，成大事者都善于谨言慎行。因为社会有时也像武侠小说中的江湖，既充满情义也充满险恶，在其中生活，对外人说话要把"谨慎"二字刻在心头，要么不说，要说就说有用的话，否则，授人以柄，后患无穷。作为当今职场中人，如果缺乏与他人必要的沟通交流，就会成为孤独落魄的边缘人；可是过度交流，不懂得矜持、含蓄和深沉，不分对象，不分场合，毫无保留地向上级或一般朋友倾吐真情，往往给人一种不成熟和别有用心之嫌。若给有城府的人掌握了你的内涵，他就可以"在自家的阳台上"，任意俯视你的小心思了，而且还是一览无余。那时的你，既不自主自在，又无神秘可言，自然也就显得不重要了！

　　言辞谦逊可以避免妒忌。在一个团队里，言及自己的优位时，应谦和有礼、虚心，多强调"我"以外的外在因素，使其他同事心理上能有一个暂时的平衡。在众人面前谈起团队中的某个人时，也尽量不说"与谁谁谁交情很深"之类的话，否则，很容易给人以"厚此薄彼"之嫌。

　　自己所有的烦恼大约有一半是因为说话不当造成的，另一半则是自己的愚蠢所致。说话不当者未必都是愚蠢的，但的确是做了一件愚蠢的事。几乎所有不受听的话都是由于没经过大脑说出去的，说出去了又后悔。所以，"紧急言语慢开口""话到嘴边留半句"这两句经验之谈说明，一个有智慧的人绝不会让自己的舌头超越其思想。

　　在职场上，说话要尽量言之有理，言之有据，言之有物，言之有情。只有经过深思熟虑后，才能做到少说无用的话，说好有用的话，并且把该说的话说到点子上。

守口如瓶，是人最难的修行

对所在单位一定时期、一定范围内的秘密，对朋友向你倾诉的其心中的秘密，是否能做到守口如瓶，关乎一个人的品德修养。

《摩诘经》有云："守口如瓶，防意如城。"意思是说，守住自己的嘴不要乱说话，而且对于机密的事情，要像瓶子加了盖一样严密。这是为人处世的一大戒律。也许我们有时做不到像守城防敌一样守住自己的意念，不起任何妄念，但却应该做到时时警醒。对于工作秘密，宁可因为不说而被别人责怪，也不能因为泄露秘密而惹祸上身。守住秘密，就守住了成大事的智慧；守住嘴巴，不吐露他人的秘密，也就守住了自己的品德。

对于从事保密工作的人来说，保密纪律历来是党员领导必须严格遵守的钢规铁纪。由于工作的特殊性，免不了被身边的亲戚朋友或同事问到有关问题，一旦碍于情面或为情所用，失去原则，私情凌驾于国法之上，管不住嘴巴，不能守口如瓶，将会给党和人民的事业造成重大损失，自己也会不得善终。

秘密是一个人藏于内心深处的东西，有时可能还与别人的性命攸关。与朋友交往中诚信是基础，对于朋友告诉你的秘密做到守口如瓶，是对别人生活领域的尊重，也是赢得他人尊重的基础。如果不能做到守口如瓶，就有可能会使自己的朋友被他人讥讽、嘲笑而受到伤害，令朋友非常难堪甚至彻底失望，你自己也会永远失去别人的信任，谁愿意与一个连自己朋友都出卖的人再有任何交集呢？"秘密若从口里出来，就已经出了大门了，以后会遍于全世界。"所以，多门之室生风，多言之人生祸。

森林里，狐狸对刺猬的美味垂涎已久，但苦于刺猬一身刺，无从下手。刺猬和乌鸦是好朋友，乌鸦对刺猬的一身铠甲好生羡慕。刺猬架不住乌鸦的吹捧，便告诉乌鸦："其实我也有弱点，当我全身蜷起时，腹部有个小眼，如果朝那个小眼吹气，我怕痒痒就会打开身体。"说完，刺猬一再强调要乌鸦替他保密，乌鸦信誓旦旦，说自己绝对不会出卖朋友。不久，乌鸦落在狐狸爪下。为了保命，乌鸦把刺猬的死穴告诉了狐狸。结果可想而知，刺猬成了狐狸的盘中餐。你也许会说乌鸦做事不厚道，但如果刺猬自己不泄密，狐狸能奈它如何？

智者先思后言，愚者先言后思。工作和生活中，我们有时还会遇到一些真相难辨的事情。假如这样的事情发生在你朋友的身上，你一定要控制住自己的内心，管住自己的嘴，在不明事实真相之前，保持沉默是一个人最基本的教养。

舌头最软却会伤人最深，一旦你受人挑拨，或者仅凭自己的主观猜测而随意评价他人，甚至说三道四，伤害别人的同时也会暴露你自己的人格特质——你的多嘴多舌，说明你素质高不到哪去；你的说话随便，说明你责任心强不到哪去；你喜欢背后议论人，说明你的品德高不到哪去。言语伤人，胜于刀伤，语言有时候比暴力更能伤人。这些年我们目睹了太多类似的事件，特别是当今互联网时代，浮躁的舆论场拥有了太多发声的渠道，仿佛成了社会情绪的发泄口。你永远不知道，你的无知和愚蠢会给他人带来多大的伤害。谣言止于智者，真正的智者，面对谣言，不轻信，不传播，而且还能做到守口如瓶。

　　每个人都有一条思想的河流，要想守脑如玉，必先守口如瓶，守口即守心，当人止语时，心即宁静下来。朱自清在《沉默》一文中说："你的话应该像黑夜的星星，不应该像除夕的爆竹——谁稀罕那彻宵的爆竹呢？"正如智者所言：凡有德者，不可多言；有信义者，必不多言；有才能者，不必多言。适当地保持缄默，培养守口如瓶的品质，替他人保守秘密，是尊重他人、也是尊重自己的良好表现。

要学会放弃偏见

有两句成语我们耳熟能详：一个是井底之蛙，一个是坐井观天。这两句成语其实说的都是一回事，那就是目光短浅。目光短浅的人，只是把自己的见识局限在一个狭小的范围里，眼界放不开，思路也展不开。这种人，习惯仅凭自己以往的（或传统的）的心理暗示或经验去观察、分析人和事，所以，极容易对他人形成偏见。

所谓偏见，就是看问题或衡量别人往往习惯带着强烈的个人观点、感情色彩或成见，而这种观点、感情色彩、成见，思维上有一定的局限性，实际上也并不符合客观真实情况，只是他们自己内心的投影，就是我们俗话所说的，看人看事总是戴着有色眼镜。这在哲学上也叫墨镜思维。

戴着有色眼镜看人、看问题，难免失真，也容易形成偏见。一旦对某人某事有了偏见，为人处事就容易产生偏差，对人要么偏爱，要么偏恨。对自己喜欢的人，则"情人眼里出西施"，只会看到他的优点，缺点被偏见全遮掩住了；对自己不喜欢或不太了解的人，则"情敌口里变东施"，看到的总是对方的缺点，无论对方怎么做都不满意，就是看不惯，好像别人都欠他的。即使对方以善意好心对他，他也会抱着不信任不合作的态度，非得弄出个真假颠倒来，有时甚至"以小人之心度君子之腹"。他自己是小人，别人也都成了这位小人心中的小人。

工作中，最怕遇到戴着有色眼镜看人的上级。偏见能使他对下级产生误解，工作上无论下属如何努力干，他总能挑出下级的毛病，甚至不问青红皂白就批评、指责下属。认为批评了下属就是抬高了自己，显示了自己的派头，显示出自己的高明，但实际上却显示了批评者是一个没有风度、患得患失、不太豁达的人。即使有洞察别人不足与失误的天赋，也不应该拿自己的标尺去批评他人。

偏见的危害就是心胸狭隘、性格多疑。心胸狭隘的人思想狭隘、认识偏激，他们容不得别人比自己强，嫉妒超过自己的人，很难与别人融洽相处。性格多疑的人对什么都怀疑，特别在意外界和别人对自己的态度，总是将事实都建立在自己的假想之上，也常会伴随一种不安全感。这样的人，于人于己都没有好处。英国思想家培根曾说："猜疑之心越猜越疑，它总是在黄昏中起飞。这种心情是迷惑人的，又是乱人心智的。它将最终导致一个人做错事情。"

一个人要想在某方面取得成就，就要懂得将自己的眼光放长远。承认并欣赏别人的优点，认识自身的局限，用自己的眼睛、用自己的心灵，去体会、去感知周围的人和事，多角度认识考量一个人或一件事。要善于听取比自己更有见地的人的意见建议，开阔思路，将人生格局放大。养成冷静观察问题的习惯，不凭主观印象接受未加分析的判断，客观、公正地分析和评价一个人、一件事，即所谓"不可以一时之誉断其为君子，不可以一时之谤断其为小人"。

与人为善就是与己为善

古人说:"善为至宝,一生用之不尽;心作良田,百世耗之有余。"中国传统文化历来追求一个"善"字。强调为人处事要心存善意、向善之美;与人交往讲究与人为善、乐善好施;对己要求独善其身、善心常驻,即心里始终被善念、宽容、关爱、理解等良好情绪充盈,并融入自己日常的言行举止和生活细节之中。与人为善是一种蕴藏在人内心深处的珍贵情感,是对人生的一种理解,对自己行为的一种负责。

《小窗幽记》中说:"人生一日,或闻一善言,见一善行,行一善事,此日方不虚生。"对大多数人来说,与人为善其实很简单,就是做好自己,真诚地善待自己相遇、相识、相知的每一个人。比如,日常生活中,一个善意的微笑,一句暖心的关怀,一次无私的帮助……;工作中,对异己者的包容,对他人选取的尊重,对不同意见的重视……,都可以让自己的内心获得一种丰富和满足感。

人与人之间,相遇是缘,相识靠诚,相知须真。付出一点爱心,善待身边的每一个人,是每个人都很容易做到的事情。多一分理解和宽容,少一点戒备和苛求;多一点温暖,少一点冷漠;多一点欣赏,少一点"恨人有笑人无的浅薄"。这对你并不损失什么,也许不能为你换取现实利益,却可能因此而帮助别人走出困境,同时也能帮你营造宽松和谐的人际环境,自己的内心得到一种安静祥和，让你人生收获意想不到的硕果和惊喜。正所谓顺风之呼，响应自捷，居家行一善事，很可能会使千万人受益。

在这个纷繁复杂的社会，个人的力量总是单薄的，每个人都需要别人的支持与帮助。与人为善，宽容待人，大方而热情地关心和帮助别人，则易于被他人接纳，受人尊重。俗话说："人敬我一尺，我敬人一丈。"你以什么样的言行举止对待别人，对方也会以同样的言行举止对你，正所谓"投之以桃，报之以李"。

在通往成功的路上，更多的应该是与身边人密切配合、相互支持，而不是钩心斗角、相互拆台。特别是当一个人遇到挫折或不幸时，如果你能热情相助，就犹如雪中送炭，日后对方也一定会"滴水之恩，当涌泉相报"。而一个以敌视的眼光看世界的人，对周围人戒备森严，处处提防，很难得到别人的信任，只会使自己陷入孤独和无助之中，不仅事业上难有建树，也很难适应时代发展的需要。

善待家人和真正的朋友是一种责任，给予他们的爱或善意没有太多功利的想法，所有的付出是心甘情愿不图回报的，而这样做也让自己获得一种快乐，因为爱人就是爱自己。人的善意善心不该用来做交易，付出的时候，如果总惦记着他人的回报，就失去了善良的本义。一旦开始计较别人是否回报自己的那份恩情，那你的善举就蒙上一层势利的阴影，你的内心也会失去原本的安宁和快乐。

善良的女人是美丽的，所谓相由心生。有善心必有和气，有和气必有悦色，有悦色必有婉容。而一颗阴暗的心永远也托不起一张阳光灿烂的脸。所以，与善良的人相处，心底坦然，不必设防，即使在平凡的小事上，善良的人也能真诚地以他人的快乐为快乐，任何时候都不会幸灾乐祸，损人利己。尽管善良之人在自己的一生中，有时容易低估恶人的存在或其作恶的可能性，而使自己受到欺骗、背叛、猜忌、敌对，但别人的不善，也不应该成为自己不善的理由。

与人为善，有时还要看准对象和把握分寸，不能没有底线，没有原则。对时时处处都从自身利益出发，无事不登三宝殿的自私自利之人，你的关心和帮助越多，越能惯坏他自以为是的毛病；对贪婪之人，你善意的帮助越多，越能纵容对方的欲壑难填，一旦所求得不到满足，反咬一口，你最容易落得个赔了夫人又折兵的下场；对恶毒之人滥施自己的善良，有时可能还会犯东郭先生和狼、农夫和蛇故事中东郭先生和农夫的错误，甚至赔上性命。如果懂得用智慧惩恶扬善，就不会使善良失去原则，也不会助长恶。

与人为善，择善而从；与人有路，于己有退。善良，是人的一种本性，更是一种选择。无论从事何种行业，专业可以决定一个人的存在，而善良最能决定一个人的人脉。即使再有专业特长，但个人的力量毕竟有限，只有与人为善，才能减少内耗，才能合作共赢，才能发挥人的最大潜能，更快、更好地实现理想的目标。

原谅别人其实就是释放自己

　　人这一生，有时会遇到对自己充满敌意的人，他们可能当面中伤自己，也可能背后陷害自己。这些伤害一直在我们心底，每当想起、谈起都会隐隐作痛。事实上，怨恨的情绪具有侵袭性，容易让自己的心灵永远处于"我是受害者"的阴影和无力状态。如果不及时用正能量对冲化解，懂得宽恕和原谅的意义，那些残留在心底的余怨，就会让你活得很累、很痛苦、很纠结。

　　责罚或许比宽恕看起来更能补偿自己曾经的委屈或受到的不公正待遇。但宽恕却能获得更好的效果，让自己从内心深处磨掉伤痕，让自己变得豁达和明朗，让自己重拾生活的希望和勇气。林语堂先生曾说："宽之者比罚之者有福。宽恕不是懦弱，不是向邪恶和诡计低头，而是去原谅那些伤痛与仇恨，是自己内心高尚和强大起来的证明。"

　　现实社会中，人与人之间有摩擦、有争执是不可避免的，不必将它们看得太重。要想在这种复杂的环境下谋求生存和发展，就必须拥有一颗包容的心，体谅他人的感受与想法。生活里，每个人都有自己的故事，都在自己的人生舞台上经历着酸甜苦辣，既不能分担体谅，那么也就没有资格去做什么指责评论。当争执发生时，如果能主动和解，能推功揽过，就不会延迟分享友谊和快乐。所以对于别人，我们能做的，就是多一些宽容，多一份爱心，多一点谅解。宽容意味着给予，也能使自己变得更加丰富。

　　生活中也许你有度量去原谅别人的无心之失，却唯独不肯原谅朋友带给自己的伤害。因为，越是亲密的人，对自己的伤害越是铭心刻骨，这些负面经历使得你时常处于一种痛苦、纠结之中。其实真正让你郁结的并不是过往的伤害，而是你那颗不肯原谅的心。伤害已然造成，久久不能释怀，甚至图一时之快而说出伤害感情的话，做出伤害感情的事，只会造成二次伤害。假如朋友伤害了你，就多想想他往日对你的好吧，或许你心中的怨气就会大大减少。宽容是一种无声的教育，"唯宽可以得人"。假如你以包容和仁慈的态度谅解别人的过错，也会让有良知的犯错者心感愧疚，从而真心悔改自己的行为。

　　但对小人无端的非议、指责和伤害，一般不予理睬。尽可能地把自己的时间和精力，用在脚踏实地埋头苦干上，绝不让别人的恶行左右自己的人生原则。这也是对那些无聊的小人恶行最好的蔑视。正如周国平所说："没有一种人性的弱点是我所不能原谅的，但有的是出于同情，有的是出于鄙夷。"

　　对于那些曾经伤害过自己的人，也不必太过怨恨，应该心存感激。一个人，有时太过顺遂反而不好，不经历一些挫折就不可能真正成熟起来。正是因为经历了那些委屈与疼痛，才撑大了自己的胸怀，成就了自己的坚忍与顽强。有些伤害对于自己虽然曾经产生过极其负面的影响，但也能促使自己更好地反省和成长，所以要学会对过往的伤害释然。

　　南非前总统曼德拉因领导反对白人种族隔离政策而入狱，白人统治者把他关在荒凉的大西洋小岛罗本岛27年。当时曼德拉年事已高，但看管他的3名白人看守对他并不友好，总是找各种理由虐待他。

谁也没想到，1991年曼德拉出狱当选总统后，在就职典礼上的一个举动震惊整个世界。他依次介绍了来自世界各国的政要，然后他说，能接待这么多尊贵的客人，他深感荣幸，但让他最高兴的是，当初在罗本岛监狱看守他的3名狱警也能到场。随即他邀请他们起身，并把他们介绍给大家。

曼德拉的博大胸襟和宽容精神，令那些残酷虐待了他27年的白人汗颜，也让所有到场的人肃然起敬。看着年迈的曼德拉缓缓站起，恭敬地向3个曾关押他的看守致敬，在场所有来宾以至整个世界，都静了下来。

后来，曼德拉向朋友们解释说，自己年轻时性子很急，脾气暴躁，正是狱中生活使他学会了控制情绪，因此才活了下来。27年的牢狱生活使他学会了如何处理自己遭遇的痛苦，也使他懂得了，感恩与宽容常常源自痛苦与磨难。

获释当天，他心情平静地说："当我走出囚室、迈过通往自由的监狱大门时，我已经清楚，自己若不能把悲痛与怨恨留在身后，那么我其实仍在狱中。"

在这个纷扰的尘世里，我们之所以总是有那么多的烦恼、不满和怨恨，多半是缺少曼德拉的宽容和感恩。宽容是一种生存的智慧，是一种生活的艺术，是看透了社会，看透了人生以后所获得的从容、自信和超然。

第三编　于无声处做事

每天进步一点点

　　《汉书·董仲舒传》记载:"聚少成多,积小成巨。"成功需要积累。一个人,要想成就大事,就要注重对小事的积累。每天进步一点点,从一点一滴的努力中创造和积累成功所需要的条件。当量变积累到一定程度就会发生质变,最终一定会成为最好的自己。

　　每天进步一点点,贵在持之以恒。无论做什么事,只要心中有了明确的目标,就要一步一个脚印,付诸永不懈怠的实际行动。自律的人一般都比较容易做到:不虚度自己的每一天,不允许自己每一天的慵懒,不抱怨每一天的繁忙;始终保持一种淡定从容的心态,善于自我约束,克服浮躁,抵御诱惑;热情和劲头不随意波动,步履稳健地走好人生的每一步,为最终的成功积蓄储备足够的力量。任何事情都是渐变的,贵在日复一日,月复一月,年复一年,勤勤恳恳地坚持和积累。如果心浮气躁,只凭脑子一热、兴趣一来就干,幻想短时间内就能一鸣惊人,就能从平凡到卓越,结果必然事与愿违。

　　每天进步一点点,是永葆不落伍、永不掉队的最轻松而有效方法。事实上,许多人在人生的起点都是相差不多的,到最后之所以有了较大的差距，往往在于一开始对待人生和工作态度的选择上。有的人自始至终都选择了脚踏实地地积极上进和勤奋努力，有的人却选择了浮躁、懈怠、虚度时光。选择不难，难的是能否持之以恒地坚持认认真真做好自己每天该做的事，雷打不动坚持每天的学习与思考。每天进步一点点也许并不引人注目，比如，每天阅读时间多一点点，每天工作多费心思一点点，每天工作效率高一点点，每天对待家人和同事好一点点……随着时间的推移，这所有一点点的进步都会在潜移默化中转化为你的智慧、你的能力、你的素养，以及你应对各种困难和挑战的能力，让你能够始终跟得上快速的时代发展。

每天进步一点点，就在自身每一天的努力之中。"世上无难事，只要肯登攀。"一个人不管做什么事，只要认真地把握好自己的每一天，坚决地去做，只管耕耘，不管收获，事实上你在每一天就已经有了收获。相反，凡事还没有起步就想着终点，想着将来能赚多少金钱，能升多高职位，期望值越高，功利心越强，越容易画地为牢，把自己限定在一个范围内。一边后悔昨天的虚度，一边又在下决心之余把今天轻轻放过。假如能幡然醒悟，及时止损，也不失为一种收获和进步。

其实，一个人的成功也源于诸多要素的叠加。每天进步一点点，还要始终保持一种平和的心态。永远不满足现状、不安于现状，不懈怠、不犹豫、不糊弄！竭尽所能地集中所有的智慧、所有的热忱做好每一天该做的事。不能进步到一定阶段，取得了一些成绩就自以为了不起，飘飘然起来。也不能因为一时的不公、不顺和挫折而感到迷茫、质疑、退缩，甚至放弃。

既然有了正确的选择，就要坚持不懈。选择从事自己热爱并擅长的事业，就要保持永不言败的人生态度。遇到风雨，多坚持一步，多尝试一次，越往前走就越能看到不同的人和风景，越往前走就越有意义。即使不断地在艰难困苦中磨砺着自己的意志，也是一种进步和收获，有时还是巨大的精神财富。

任何工作都需要一颗认真的心

一个人，不管从事哪种职业，都需要一种以生命的全部热忱去对待它的精神。只有你把它当作自己毕生追求的事业，它才能给你所追求的一切。只有尽职尽责，尽善尽美，就一定能得到自己想要的回报。

尽职尽责是培养敬业精神的土壤。不论是从事平凡的工作，还是从事令人羡慕的工作，都需要全心全意、尽心尽职地去做。尽自己最大努力才能求得不断的进步，以认真刻苦、不达目的不罢休的工作态度，才能拒绝平庸。对待工作，如果浅尝辄止或敷衍了事，最后倒霉的还是你自己，工作和人生都将一事无成。

认真很大程度上依赖于责任心。社会学家戴维斯说："放弃了自己对社会的责任，就意味着放弃了自己在这个社会中更好的生存机会。"任何事情都是事在人为。同样一项工作，如果敢于负责、善于负责、认真负责，油然而生一种神圣的责任感和使命感，就必然会调动自己内在的主观能动性，激发出你全部的智慧，就能完成一份完美的答卷。这样在心理上也能对得起自己的良知。如果放弃或者轻视自己承担的责任，抱有随便、马虎或差不多就行的态度，那就休要怪命运之神没有眷顾你，上苍没有给你改变自己当下不如人意际遇的机会。

多一份专注就多一份成就。法国启蒙思想家卢梭说："当一个人一心一意想要做好一件事情的时候，他最终会取得成功的。"事实就是如此，一个人想要得到什么，就应心无旁骛地专注该专注的事情，并坚持做下去，日积月累，最终一定能收获成功的喜悦。假如没有日复一日，年复一年的专注与恒心，铁杵如何能磨成针？但如果专注于不属于自己应得的东西，或专注于错误的方向和目标，从而丧失理智，做出利令智昏、自欺欺人的事来，那结果就大不同了。

水温够了茶自香，功夫到了自然成。任何一项成就的取得，都与勤奋努力和认真分不开的。心浮气躁、急于求成根本于事无补。要想取得一定的成功，必须静下心来，认认真真地干。每个行业都有人才辈出，关键是你要认认真真地做到足够好。所谓三百六十行，行行出状元。只要有任务分到手，就全力以赴，尽职尽责，就能泰而不骄，也能如愿以偿。

细微之处见精神

老子说："天下难事，必作于易；天下大事，必作于细。"意思是说，遇到天下最困难的事，先从比较容易做的事着手；对于天下大事，先从细微之处开始着手。人与事都是由许多细节构成的，小构成大，大源于小。若能在细微之处把握住宏旨，做事一般就不会有大的闪失。

细节充斥着我们的生活，细节也改变着我们的生活。生活中注重细节的人，他们视眼中的一草一木一春秋皆是风景，一粥一饭一壶茶皆蕴含幸福，随时随处都能感知到幸福和快乐，所以生活品位往往就高。工作中注重细节的人，能够赋予自己以责任，思维缜密，保持对细节的关注。一丝不苟，将每一件小事做细，将每一件细事做透，工作完成的就会更出色。

成大业若烹小鲜，做大事要重细节。习惯锻造性格，性格决定成功。注重细节，才能养成做大事所需要的那种严密细致的工作作风。当今社会，任何一个领域的社会分工都越来越细，专业化程度越来越高，精细化管理和生活要求也越来越强烈。一个单位、一个企业或者一个人，要想走得更高更远，大刀阔斧的竞争不一定就能做强做大，而细节上的竞争才是最终和最高层次的竞争。一点一滴的关爱，一丝一毫的服务，都将铸就人们对团队形象和用户对品牌的信念，甚至是个人立足社会和事业成败的关键所在。大事往往都是踏踏实实地从小事、简单事一步一步做起来的。通过做一些微不足道的小事找到自我发展的平衡点和支点，并将其做精做细。只有这样才能逐步走向成功，所谓"万丈高楼平地起"。

莫轻视小善，小水滴不断落下，最后也能灌满一个或更多瓶子。起一个善念，说一句好话，乃至露出一个微笑……都能给人以温暖，自己点滴的努力、小小的善举都能为自己的人生存折积聚正能量，日积月累，将会形成一笔无形的财富。有时，我们看到身边或社会上一些小人、坏人，做了损人利己的事，或者贪占了"小便宜"，不但没有遭到应有的报应，反而更春风得意，暂且认为"上帝让谁灭亡，必定先让他疯狂"吧。无论如何，在自己生活滋润的时候，要常怀敬畏之心，因为善恶终会有报，只是时候未到。试想，世上哪有免费的午餐？没有谁会无所求地奉上鲜花、美酒博你一乐，也没有谁会平白无故地给你赔着笑脸、唱着赞歌……其实很多时候，多想几个为什么，你就不至于利欲熏心，被外界所迷惑。所以，永远记住："莫以恶小而为之，莫以善小而不为。"

"千里之堤，溃于蚁穴"，说的也是这个道理。做到细节有时未必就能让人获得机遇，但不关注细节，不把握细节，就不可能把握住机遇，甚至可能一失足酿成千古恨。在战场上，一件微不足道的小事，或者一个毫不起眼的细节，就有可能决定一场战争的胜负。在职场上，任何放松、放纵，任何一个小的错误、小的"便宜"开始，都有一个量变到质变、小节到大错的过程，如果对细节不察不省，隐患便会越攒越多，到了"恶贯满盈"之时，性质便会发生根本性变化，也就没有回头路了。

当前，许多人立了大志，想做大事，精神固然可嘉。但愿意把小事做细、做到精益求精的人却比较少。把一件小事做细并不难，难的是每一件小事都能做得细致。然而，事在人为，那些成功者在功成名就之前，早已默默无闻地"把每一件寻常的事情做到不寻常"了很长一段时间。成功是一种努力打拼积累的结果，更是对追求细节尽善尽美的最佳诠释。其实，把小事做细虽然只是举手之劳，但就在你的一举一动中，体现出的是你的细心和敬业精神。

养成和修炼优秀的好性格

　　大千世界，芸芸众生，如同世界上没有两片相同的叶子一样，每个人都是孤立的个体，都有自己独特的性格。而性格又都在或明或暗地影响或决定着人的思想和行为方式。比如，有的人热情开朗、有的人沉稳冷静，有的人坚韧刚毅、有的人柔顺懦弱，有的人潇洒大方、有的人冷若冰霜，有的人豪爽直率、有的人多疑孤僻，有的人谨慎细致、有的人粗心大意，有的人性格急、有的人性格慢，等等。

　　虽然人的性格普遍存在着差异性和共同性，但性格本身也是复杂多变的，一般会随着年龄的增长、环境的变化而改变，并且是逐渐趋向成熟。一个人，如果有了好的性格，并能对这些好性格有意识地不断加以巩固和完善，而对自己的不良性格能够有目的地及时进行节制和消除，那他就能不断养成和修炼成自己独特的优秀的好性格，就能把握和掌管好自己的命运，成就美好的人生。反之，如果一个人存在这样或那样的不良性格，在日常的工作和生活中，也必将会受这些不良性格的影响，成为阻碍你发展和成功的绊脚石。

　　电影《铁娘子》中有这样一段对白："小心你的思想，因为它们会成为言辞；小心你的言辞，因为它们会成为行为；小心你的行为，因为它们会成为习惯；小心你的习惯，因为它们会成为性格；

小心你的性格，因为它们会成为命运。"这段对白说的是，性格可以决定命运。

性格是基础性习惯，几乎所有人的性格与习惯都高度相似。优秀的性格，可以影响你的习惯走向，固定的习惯形成又会演变为性格取向。而习惯的力量是巨大的，它是一个人思想和行为的真正领导者。习惯一旦形成，就极具稳定性，它能日积月累影响着人的工作态度、生活质量、思维方式、行为模式，左右一个人一生的成败。养成和修炼学习型性格、善思型性格、独立型性格、行动型性格、豪爽率真型性格、坚韧刚毅型性格等优秀的性格，并把这些优秀的性格和良好的习惯坚持下来，对于成为品质优秀的人，开启美好的人生历程，起着至关重要的作用。

养成好性格，首先要管理好自己的情绪，保持自己的定力如同"定海神针"一样，不被外界负面因素干扰。凡事三思而后行，不经过思考的问题不轻易做出判断，不经过思考的事不贸然采取行动，不经过思考的话不随意评论。同时，不断地审视自己的行为和思想，找到缺点和不足，及时加以改正。养成勤于思考、善于思考的习惯，还可以使你养成缜密细致的性格。

坏脾气是坏性格的表现。脾气暴躁、性格急的人说话直来直去，工作或生活压力大的时候，有时为一点小事也犯急动怒。即使你是正直善良的，是无意的，是对事不对人的，也难免会伤害他人，你自己还费力不讨好。毕竟社会是复杂的，人心是多变的，人的气度有大小，心胸有宽窄，教养有高低，倘若不小心触犯某些人的逆鳞，或者得罪了小人，估计你在很长一段时间会被麻烦所缠绕。

历史上有些坏脾气的人物的结局，就会让你相信它的危害有多大。《三国演义》中的人物张飞，就是被自己的坏情绪杀死的。

他不是战死在沙场，而是在听到好兄弟关羽被害时，抑制不住哀伤，借醉酒鞭打士兵，让他们日夜赶造兵器，想要马上为兄弟报仇。最后部下范疆与张达实在忍无可忍，只好趁张飞再次醉酒时，将他刺杀在军营里。的确，没人否认张飞的能力很大。但能力这么大的人，最后却栽在了自己的坏脾气里。

"如果你是对的，你没必要发脾气；如果你是错的，你没资格去发脾气。这才是真正的智慧，可惜大多数人没有想透彻。"所以，控制不住自己情绪的人，有时即使能力再大也可能会毁了自己。

优秀的人一定养成了优秀的性格，不优秀的人在性格方面可能还存在某些欠缺。要想提升自己的能力和素养，改变自己的生存状态，提高自己的幸福指数，做一个优秀的人，就从修炼好性格、养成好习惯做起吧。

责任决定工作效率和生活质量

生存意味着责任。常言道："天地生人，有一人当有一人之业；人生在世，生一日当尽一日之勤。"日常工作和生活中，每个人都有自己分内应该做的事，都有自己应尽的责任和应承担的使命，包括对工作的责任、对社会的责任、对家庭的责任，以及对朋友、对同事的责任。可以说，责任是一个人立身之本，是提高个人工作效率和生活质量、提升个人信誉与尊严的基石。只有敢于承担责任、善于承担责任、勇于承担责任的人才是可以信赖的人，才是一个受欢迎的人，才有可能被赋予更多的使命，才有资格获得更大的荣誉。一个缺乏责任感或者不负责的人，不仅会失去社会对自己的基本认可，失去他人对自己的信任与尊重，有时可能还会失去自身的信誉与尊严。

人的社会性决定了人作为某个家庭、某个组织、某个团队的一分之存在。因此，除了必须为自己的行为负责外，还必须为自己的行为对自己的家庭、组织、单位所造成的结果负责。正是责任把一个人与自己的家庭、组织、单位联系在了一起，任何一个对责任的懈怠或不负责任的行为，都会导致自己家庭的不和谐、不幸福，甚至是破裂；导致自己组织、单位声誉受损，甚至是公信力降低。

没有做不好的事，只有不负责任的人。对待事业，强烈的事业心一定要有强烈的责任感做支撑，每一个有责任感的人都应该具有敢于承担责任的意识,为自己的职责负责。强烈的事业心,能使一个人把责任视为使命的召唤、强大的精神动力和能力的体现,从而"无须扬鞭自奋蹄",兢兢业业、勤勤恳恳。即使面对各种压力和挑战,强烈的责任感也能促使他们排除万难,出色完成各项任务。责任感一旦缺失,或者逃避责任,则会投机取巧、敷衍了事,或坐享其成、虚度光阴,即使自己最擅长的事也会做得一塌糊涂。

责任也是一种发展自我的机遇。有责任心的人,始终会保持一种自发的工作热情,并努力把每一项工作做到尽善尽美。正如托尔斯泰说:"一个人若是没有热情,他将一事无成,而热情的基点正是责任心。"没有责任心的人,会把工作当成一种负担,一种压力,一种痛苦,或者是为了挣钱养家糊口,为了出人头地,为了功成名就而不得不为之。这种无法赢得别人信赖的人,是不可能得到任何成功机会眷顾的,到头来只能是浑浑噩噩地过一生。

有责任心的人,会满怀热情把工作过程作为有意识地培养和锻炼自己各种能力、不断成长和发展、实现自我人生价值的机会,会努力把每一件事做好。这种自发的状态的背后,付出的是比别人更多的智慧、热情、责任心和创造力,同时也意味着拥有了超越他人的机会。所以,让我们听从责任的召唤,珍惜自己每一份责任吧。

做人不能太精明，也不能太傻

现代人生活越来越富裕，聪明被许多人视为谋求幸福生活必备的品质。无论职场、官场还是生意场，人们都在经营、算计，精明、强悍越来越被当作生存的第一法则。

做人太过精明，最容易丧失人性中的敦厚与纯真，过于看重明哲保身，是非观念淡漠。把一切都看成一种利益上的交换，这种人最终会被自己的精明所连累，得不到幸福。太傻的人，在这个竞争日益激烈的社会里，恐怕未必能有傻福，有时可能还会被一些别有用心之人利用，要么被人牵着鼻子走，要么使自己的处境陷于尴尬，甚至使个人发展陷入僵局。

身在职场，你会遇到各种各样的上司、领导，有的温和而谨慎，有的豪爽而坦荡，有的优柔而寡断，有的猜忌又狭隘等等，每个人都有各自与众不同的个性。所谓的精明之人，凡事只唯上、不唯实。假如你在工作中遇到困惑，最好不要向过于精明之人寻求任何理解和帮助。即使错不在你这边，你也别指望他能站在你这一边，说不定还会添枝加叶地把情况反馈给上司那儿，更加深你与上司之间的矛盾。

太精明的人，多数情况下，不靠大智大德去服众，而是靠耍小聪明、小手段、小伎俩，施舍小恩小惠拉拢人，有时还会巧言令色，欺骗那些信任他的人。太精明的人也是一个缺乏责任感的人，至少是一个责任感不强的人，整天就围绕着自己的那点小九九打转转，时时算计自己的利害得失，一副事不关己高高挂起的样子。他们失去的是对自我的基本认可，也失去了别人对自己的信任和尊重。在工作上表现为不作为、慢作为，或敷衍了事。这种人也许偶尔也能侥幸成功，但最终会自讨没趣，与其初衷会大相径庭。

太傻的人，最"傻"的表现就是在与不平等的遭遇做抗争时，有时会天真地认为只要自己在大是大非问题上坚持了原则，就可以不讲究说话的方式方法。然而，不管谁是谁非，得罪了上司无论从哪个角度说都不是好事。至少自己的心里是不愉快的，同事们也可能为此而疏远你、孤立你，甚至嘲笑你。太傻的人，把责任看得重于一切，专注于如何把责任履行好，把份内工作干好，把问题尽快解决好，在处理人际关系方面，不像太精明的人那样很会来事。有时会因为自己的耿直而失去友谊，或容易得罪他人，给周围人带来压力。

聪明是一笔财富，关键在于怎么使用。真正聪明、有智慧的人很会使用自己的聪明和智慧，不到关键时候不会轻易使用，也就是抱朴守拙、宅心仁厚、适时糊涂。抱朴守拙的人，看起来比较"愚拙"，实际上心里跟明镜似的，只是对许多事看破不说破而已，与他人相处能够营造一个轻松愉快的相处氛围，这于人于己都有益也无害。适时糊涂是在大事、原则问题上能够看明白，想明白，做明白；而在小事非原则问题上尽量糊涂一些，不斤斤计较。

做人"傻"一点也无妨。这种傻并不是生理上的缺陷，而是心理上的一种智慧。傻人因为比较简单和实在，总能给人一种安全感和信任感。这种傻，不会绞尽脑汁地算计，不会费尽心思地琢磨，不会费尽心机地去争。这种傻，没有那么多的敏感多疑，也屏蔽了自己的锋芒。与傻人在一起身心也自然能够放松。这种傻人，比较容易知足，别人再好的东西也不羡慕，认为正确的就去做，不会考虑别人的行动会给自己带来什么好处，从而活得自在，活得坦然。

清朝王永彬的《围炉夜话》里说："世风之狡诈多端，到底忠厚颠扑不破。未俗以繁华相尚，终觉冷淡处趣味弥长。"意思是说，尽管社会上有尔虞我诈的风气，但说到底还是忠厚老实人能永远立于不败之地。社会习俗争相以奢靡浮华为时尚，但毕竟还是在清净平淡之中体会到淡泊趣味更为持久耐长。

灵活处事，学会给别人台阶下

古诗《半半歌》有云："饮酒半酣正好，花开半时偏研，半帆张扇免翻颠，马放半鞭稳便。半少却饶滋味，半多反厌纠缠。百年苦乐半相掺，会占便宜只半。"意思是说，凡事要留有余地，不要不给自己和别人留退路。

我国古代宽厚待人、力求和谐的思想，早已融入一些单位、机关的组织管理中。在一个团队里，个体的力量与群体的力量相比总是小而有限的。一个人即使是天才，也不可能是全才，离开别人的学识、经验和能力是不可能独立完成任务的。所以，工作中要与人为善，懂得尊重他人，宽容、乐观地与同事接触交流，精诚合作。反之，如果不给别人应有的尊重，不顾及他人的面子，总有一天会吃亏的，有时还可能让自己成为一座"孤岛"。

相信职场中的每个人，都希望能有一个团结和谐的工作环境，和谐的团队精神能够彰显团队正能量，激励每一名成员干事创业的积极性，能产生巨大凝聚力，高效地完成工作任务。团队的和谐与否，不仅取决于每个人的智慧，更取决于成员之间是否保持互相信任，信任是营造和谐团队的基石。如果相互猜忌，则士气低落，战斗力缺乏，也不可能高质量完成工作任务。

也许工作中的同事们都普遍会有一种"身份"意识，希望能够得到他人的尊重、支持和理解。有的时候，上下级之间、同事之间因为工作中一些小的问题发生分歧，这些分歧大多是因为双方各执己见、互不相让所导致的。想要说服别人，最好讲究一下技巧，给别人一个台阶，让他能够主动认识错误，并加以改正。如果总是习惯性地或不分场合地当众批评或指责他人，不但起不到好的效果，可能还会使他人产生抵触情绪。与其如此，为什么不换一个角度，站在对方的角度考虑问题，尊重别人，给别人留一点面子呢？尊重，是同事关系的润滑剂，能使许多问题变得更加容易解决。

要尊重那些埋头苦干做实事的人。这样的人，不会工于心计，不会逢迎他人，不会讨好他人，他们更多的是专注于踏踏实实地做好本职工作。如果对这样的人也品头论足，甚至恶语相击，势必造成其心理上的压力，对其工作的积极性也是一种打击。所以要多站在他们的角度观察问题、分析问题，这是一种逆向思维，一般人是很难做到的。如果习惯于站在自己的角度看问题，自然无法理解他人的所思所想所言所行，这不利于和谐团结建设。

在为人处世过程中，应该给别人留有足够的反应、思考、悔过的空间，不要按照自己理想中的样子去雕琢他人，更不能得理不饶人。每个人都有自己的长处，都有表达和展示自己思想、观点、才华和能力的欲望，即使你才华横溢，品行过人，也应该给别人留下表现自己的空间。这既是做人的一种修养，也是对别人的一种尊重。

尽己所能，把事情做到极致

在人的一生中，有三分之一的时间是在睡眠中度过的，有三分之一的时间是在工作中度过的，而工作通常又占据了一天中绝大部分的黄金时间。一个人，是否尽己所能把工作做到极致，不仅是一种工作态度，也是一种重要的生活标准，更是工作效能和生活质量的重要保证。很难想象一个安于现状、不思进取，连自己职责内的事都敷衍应付的人是一个责任感很强的人。

把事情做到极致，首先是一种态度。同样的工作，同样的身份，不同的工作态度，会造就截然不同的人生。这与其说是价值观的差异造成的，倒不如说是不同的追求造就了不同的发展结局。追求卓越的人，凡事能够尽己所能，把事情做到极致，有了这种态度就有了不断突破自我、不断提升自我的动力，同时对自己的要求和标准也会越来越高，从而也能不断创造出高绩效的工作和高质量的生活。相反，如果做事总是心不在焉、松松垮垮，或者一件事刚开始没做好，以后就不努力做了，这不仅轻易地放弃了锻炼自己的机会，也意味着放弃了自己的责任，还会给自信带来影响。

其实，人与人之间的差距有时就差"认真"二字，凡事只要认真并赋予自己责任就一定能把事情做好。工作中，如果草率马虎或注意力分散，工作效率往往就会大打折扣，工作质量也不会高。心理学研究表明，人具有极强的可塑性和适应性，自我塑造和自我完善是完全可行的。任何事情都事在人为，同样一件事情，如果你抱着非干好不可的决心，追求尽善尽美的态度，全力以赴去努力，往往会激发出巨大能量，就一定能够把事情做到极致。如果缺乏担当、敷衍偷懒，任何事情都不可能做好，那自己的工作和自己的人生也会毫不留情地给你一个敷衍的结果。

一个人，一旦养成了敷衍了事的工作习惯，做起事来就会不诚实，也很难让人放心地把一些重要工作交付于他，同时其人品也有可能被人轻视。生活中，由疏忽、敷衍、偷懒、轻率酿成的惨剧多有发生，比如，美国德克萨斯州的一个小镇上，由于一项筑堤工程没有按照设计去筑石基，造成大堤溃决，全镇被淹，无数人死于非命。

保持工作热情，能大大提高工作效率。热情是自信的来源，是行动的基础，没有了工作热情，学习和工作效率都不会高。长时间从事某一项工作，可能会有一种索然无味的感觉，再经常不被重视，很容易产生无助感和渺茫感，从而导致情绪的低落，如果能始终保持工作热情，就能使你的工作态度由消极转为积极。因为热情是多功能的，它能帮你改善情绪，帮你克服困难、走出逆境，也能使你更加专注。

把工作做到极致并不仅仅局限于追求工作成绩，它还是一种生活标准，一种自我价值的体现。在追求工作尽善尽美的过程中，可以将自己储备的知识和才华，应用到自己孜孜不倦追求的事业中，从而创造出高质量的工作成绩和高质量的生活。这也是工作的真正意义所在。

不论你在哪个职位上工作，把该做的事做好，是你义不容辞的责任。每个人的工作和生活环境，总会有这样或那样的不如意，但这不能成为不思进取、不作为的理由，不管遇到什么困难或不公，都不能让自己变得放任、消极、随波逐流。要以满怀忠诚的责任心对待自己的事业，踏踏实实地对待自己的工作，充分地发挥应有的作用，才能对得起自己的良知，才能巩固现有的位置。保持"凡事都要做到最好"的良好工作作风和习惯，严格要求自己，一定会取得工作和生活的双丰收。

凡事不要拖延

生活中拖延的现象屡见不鲜。有些人，做事习惯拖拖拉拉，有的不拖到最后一刻决不行动，有的担心事情做不成功担责而迟迟不愿行动，有的分不清轻重缓急犹豫不决而不知从何处着手，有的沉迷玩乐或与同学同事煲电话粥而把该做的事丢到一边……

拖延有时是最可怕、最具破坏性、最危险的恶习，是人内心深处的一种惰性，是对自己宝贵时间和精力的一种挥霍。从某种意义上讲，拖延就是慢性自杀。对有些危重病人的救治须分秒必争，否则，每拖延一分钟，就有可能面临生命危险；有些小病久拖不治，就有可能发展成大病。

习惯也称为惯性，它虽小，但影响巨大，一旦形成，就在不知不觉中长年累月地左右着一个人的行为方式和思维方式。细细的链子竟能拴住一头大象就足以说明习惯的力量还是蛮大的。大象还是小象的时候被驯象人用一条细细的铁链绑在一根矮矮的柱子上，由于力量尚未长大，无论小象如何挣扎都无法摆脱锁链的束缚，渐渐地小象就习惯了不再挣扎，直到长成庞然大物。尽管这时的它可以轻而易举地挣脱铁链，但在它的惯性思维里，已然认为它永远也不可能摆脱链子了。

哲学家塞涅卡说过："时间的最大损失是拖延、期待和依赖。"现实生活中不难发现，我们每个人都有一定的惰性和惯性，许多人都曾有过拖延的习惯，只是程度不同而已。一个人，当自己的目标已经确立或有了工作任务以后，有时习惯找借口、找理由拖延执行，或者总想着等"万事俱备""等待时机"再行动。这样做，固然可以降低出错的概率，让你对事情的成功更有把握，但也会让你失去很多稍纵即逝的机会，也许还会在拖、等、靠中耗尽自己全部热情，把好事拖黄。

拖延其实付出的代价更大，它不但不能给你省下多少时间和精力，还让你时刻有一种应做而未做的事情的压力感，拖延的时间越长，越会感到内疚、自责、挫败或愤懑。即便后来急急忙忙赶着弥补也不一定能取得理想的效果，不是拖到最后期限敷衍了事，就是不了了之。

"人间沧海朝朝变，莫移佳期更后期。"人生苦短，每个人的生命都是有限的，拖延自己的时间就等于在浪费自己的生命。许多拥有美好梦想的人，最终没能如愿以偿，其中一个重要原因就是一直在拖延行动，要么畏首畏尾、瞻前顾后；要么"口头积极"，行动不积极；要么等待"时来运转"。这等一会儿，那拖一下，随着时间的累计，就这么一晃就是一生。如果不克服拖延的习惯，凡事总等到明天，"明日复明日，明日何其多，我生待明日，万事成蹉跎"，最终会使人退守平庸、一无所成。

其实，对于份内事，养成"当下事当下做"的习惯，会让你掌握许多主动进取的机会，只有立即行动才是改变你当下现状的捷径。

懂得忍让有利于成就事业

俗话说："退一步海阔天空，忍一时风平浪静。"忍让，是一种生存智慧，也是一种美德。持久、非凡的忍耐力还体现一个人能屈能伸的气量和胸怀，这种忍耐力是难能可贵的，也是做人最应该具备的一种能力。人这辈子，如果不懂得忍受误解，忍受寂寞，忍受挫折，忍受失败，而去争一时之理，说伤人之语，理小人之辩，气流言蜚语，将不利于实现自己的理想、成就自己的事业。有时，一个人的忍耐力还能发挥出奇制胜的作用。

"小不忍则乱大谋"这句话我们耳熟能详，甚至成为一些人用以告诫自己的座右铭。意思说的是，有些事只要我们能忍一时，才能等到后面的成功。其核心讲的就是一个"忍"字，所谓"心字头上一把刀，遇事能忍祸自消"，所以，遇到难忍之事，如果能忍一时之委屈，就能免却百日之烦忧。

人的一生，难免会遇到令自己难堪的误解、责难，或遭到他人不公正的批评、指责甚至诋毁。凡是有人的地方，都会有矛盾、有分歧，不论是他人无意而为，还是被小人恶意算计，你都不要被对方激得立马拍案而起，急急忙忙地以一些对抗的话语去证明自己并非软弱可欺。否则，就有可能会弄得自己的心情和工作都不顺畅，甚至坏了"大谋"，就有点得不偿失了。

忍辱方能负重。忍不是退缩，不是迟疑，而是深思熟虑后的一种沉潜，是养精蓄锐，是一种以退为进的心理能量。历史上许多成就大事业的人都是学会了安忍蓄能，厚积薄发，以大展宏图的。比如，韩信以巨大的忍耐力承受了"胯下之辱"，才成为刘邦取得天下后的齐王。司马迁虽受宫刑，心理上、生理上遭受双重打击，但仍能以超人的忍耐力，完成鸿篇巨制《史记》。

"大丈夫能屈能伸"，如果不想玉石俱焚，就要懂得忍让，俯首躬耕，勤力劳作，并适时出击，争取赢得新的成功机会。纵观历史，那些笑到最后的几乎都是有"忍"之气量的人。清朝的曾国藩一生奉行"忍"的为官处世之道，尽管他不是一个淡于权势的人，年轻时也曾汲汲于功名，然而，经过名利场中的一番角逐与磨砺之后，几经沉浮却最终没有被淹没。

电视剧《康熙帝国》中：康熙 14 岁亲政后，鳌拜继续大权独揽，因妒忌，欺君擅权，将顺治皇帝临终前指定的四位顾命大臣之一苏克萨哈及其家人全部诛杀。康熙闻此消息后，气得两眼冒火，决心除掉鳌拜，但当时鳌拜羽翼丰满，弄不好，激起兵变，恐怕连他这个皇帝的位子也保不住了。于是，他就沉默忍耐，表面看，好像什么事都没发生一样，朝中大事小事一切照旧，鳌拜渐渐也放松了戒备。过了些日子，待时机成熟，将毫无防备的鳌拜一举拿下。

这个例子说明，忍耐也是有限度的，不当忍处，自然会刚烈激昂，尽显英豪之气。如果毫无原则地一味忍让，会被别人认为没有能力而不堪重任，甚至成为别人手中随意使用的一张牌。

忍耐不是怯懦，不是消极，不是亏欠愧对，有时也是对他人的一种尊重，对自我的一种约束和克制，显示的是一个人的气量和心胸。有气量的人，绝大部分是胸中有大方向、有大格局的人。他们深知，若想取得事业成功，须靠远见卓识、高瞻远瞩的智慧，所以对自己的人生和人格高度定位很高，任何时候都不会斤斤计较个人得失，更不会纠缠于毫无意义的争斗。而那些忙着拼手段的人，总想着通过不正当的途径获取自己利益的最大化，整天围绕着自己的那点小九九盘算着。与人共事的时候，倘若因为不同见解而发生摩擦、产生矛盾，总是习惯于首先想到对方的千错万否，看到的也都是别人的缺点。如果能懂得自省，多从自身找问题找原因，以平和的心态论事，以宽容的心态待人，也许就能避免许多不必要的不平、烦恼和怨恨，还能收获友情、快乐和幸福。但对坏人、小人则另当别论。

路遥知马力，日久见人心。忍耐力是通过一定的修养获得的品格。世事纷繁，人心复杂，有坦荡君子，有戚戚小人，充满着偏见，也存在着误解，如果没有忍让的胸怀，就无法与人和睦相处。忍耐既是远离祸端的护身符，又是等待时机获取进步的智慧和策略，关键时刻忍让的力量是无穷的。一个人，要想获得内心的和谐安宁，面对矛盾、误解和纷争，就要进行有效的忍耐，多支持、少排斥，多谦让、少争执，这样可以冰释前嫌，化干戈为玉帛，有时也能获得更宽广、博大、舒畅、融洽的人际关系。

第四编　用积极心态造就幸福人生

快乐其实很简单

　　快乐，是一种自然感受，每个人都需要快乐。一个人快乐与否，不在于他身处何种境地，而在于他是否有一种积极的情绪和积极的心态。

　　快乐是选择题。有位哲学家曾说："决定自己心情的，不在于周围的环境，而在于自己的心境。"同样，快乐与不快乐，不是由别人决定的，而是你自己的一种选择。面对不顺心不如意的事，你是选择笑声不断还是选择忧心忡忡，是选择勇往直前还是停滞不前，关键看你如何选择和如何看待自己的选择。有乐观积极心态的人，凡事总会往好处想，也总会客观、公正地对待身边的人和事，既能欣赏别人的优点，也会包容别人的缺点。遇到困难和挫折也不会产生不愉快、沮丧和自卑，更不会抱怨和责怪他人，而是坚韧不拔，永不放弃自己的追求。

　　现在的许多人，有钱、有车、有房子、有健康、有工作等等这些美好的东西，但总是感觉自己并不快乐，郁郁寡欢，有的还充满了焦虑，原因在于他们还在拼命追求自己没有的东西。比如，有了百万，为还没赚到千万而忧虑；当了处长，为还没当上局长而忧虑；住着80平米的房子，为没能住上100平米的房子而忧虑；为孩子没能上了好学校而忧虑，为物价上涨为没钱……却唯独忽略了自己当下已经拥有的幸福和快乐。

假如你觉得自己活得一点也不快乐，那是因为你还没有养成快乐的习惯，养成快乐的习惯主要靠思考的力量。思考的能力能使你把不快乐的想法摒除在心门之外，并用快乐的想法取而代之。宋代的文学家、思想家苏东坡无论何时，也无论处于何种境遇下，心里都想着快乐，并把快乐当成一种习惯，所以他才能那么从容坦然地面对生活中的各种不幸和挫折。

道家有个观点："大道至简。"简单是一种心灵的净化，是在喧嚣的世俗里增加一份安静，增加一份安宁，增加一份率真。快乐其实也很简单，就是对自己简单一点，对别人简单一点，对周围的环境也简单一点，对身边的人和事友善一点，自己自然也会生活得轻松愉快一些。人的一生会遇到很多不快乐的事情，有些是你无法改变的，有些是你无法选择的，反正愁也一天，喜也一天，为何不改变自己的心态？

其实，生活中并没有那么多烦恼，一切只不过是你庸人自扰罢了。在这个世界上，成功者卓越者毕竟是少数，而平凡者居多。如果为了成就事业，让自己像永不松懈的发条，精神始终处于高度紧张状态，为实现自己的梦想和获得更多的利益而不停地忙碌着，那你的心灵就没有片刻清净放松的空间，自然就体会不到生活的快乐。

在人生的旅途上，只要你稍微放慢一些自己的脚步，就可以发现当下的一切美好，也可以更好地珍惜生命的本原，或安静或热烈，或寂寞或璀璨的美丽。从身心上彻底解放自己，身体上适度地休息，思想上看开一些，便能随时随地发现身边的幸福和快乐。比如，好好吃一顿饭，悠然地喝一杯茶，安静地读一本好书，便可以一日喜乐无恼，一夜安眠无梦。

　　"生活中并不缺少美，而是缺少发现美的眼睛。"同样，生活中也并不缺少快乐，只是缺少发现快乐的眼睛。如果你的眼睛总是盯着痛苦和烦恼，那快乐也会随时从你的身边悄悄溜走。善于发现吧，让你在繁忙的工作中得到与众不同的美丽与欣赏，品味比别人更多的快乐与趣味！

保持内心的强大
会给你带来强大的动力

　　每个人都会处在一定的环境中，长期以来，我们已习惯地认为是环境制约了我们。其实，真正制约我们的不是环境，而是我们的心态。保持内心的强大，无论身处什么样的环境，无论外人的态度如何变化，你都能够始终保持一种自信，从容不迫地生存发展下去。有了这样一种坚持不懈的自强，在自己的人生道路上，就等于拥有了取之不尽、用之不竭的动力源泉，拥有了生命的力量。

　　人的一生是奋斗的一生，如果不去奋斗，生命就会变得空虚，就会变得毫无意义，人生就会平淡无奇，也不会有什么乐趣。然而，奋斗的路上，不可能一帆风顺，总会遇到这样那样的困难、挫折或失败。与他人合作过程中，跟各种各样的人打交道，相互之间也难免会有意见相左、言语高低、磕磕碰碰的时候，也难免有差错、有失误，也许心理上会不断地承受苦难，承受压力，承受孤独，承受委屈。保持内心的强大，可以让你在承受一次次的打击和失望后，仍然能为自己心中的向往和目标而努力奋斗，不至于在遭受一次次或者一连串的打击之后一蹶不振，陷于"厄运"的泥潭中永无翻身之力，甚至使自己的心灵受到伤害。保持内心的强大，能让你在遇到别人的无礼对待时，在任何时候、任何情况下都保持冷静，保持温和的态度，而不以无礼反击无礼，不失去自己的教养。

人生真正的较量是意志与智慧的较量，不轻言放弃自己内心的追求，才能最终成为自己人生真正的赢家。"若非一番寒彻骨，哪得梅花扑鼻香。"自己的命运唯有自己去把握，别人是帮不上忙的。"自立者，天助也"，这是一条人生格言，早已被无数成功者的经验所证实。

内心强大的人都很自强自立，这也是一个人发展与进步的真正动力。在当今这个竞争日益激烈的社会中，机会对每个人来说都是均等的，只是对待机会的态度不同而已。等待机会的人，常常坐卧不宁，心不在焉，浅尝辄止，身心俱疲……机会若不降临，就觉得寸步难行。而积极创造机会的人，总是用行动来证明一切，吃苦耐劳，坚韧不拔，尤其是经受挫折或痛苦的"浸染"后，却依然能够将自己的人生谱写得更加完美、更加理想。即使机会没有来临，由于有强大的内心和丰厚的核心竞争力做支撑，也觉得脚下有千万条路可走，也能淡定地应对外界一切的不稳定或不稳定因素。

拥有强大的内心，不是说有就有的，而是要经历磨炼，在困难中学会坚强和忍耐。许多人之所以伟大，都来自于他们所承受的苦难，正是因为那些苦难，才铸就了他们坚强的意志品质，练就了一颗强大的心，从而成就了自己充实的一生。

而真正有强大内心的人一般不会轻易显示自己的强大，反而内敛自己的锋芒，隐而不发。所以，假如你真的很强，也要学会内敛，不要恃强任性，低估对手的实力，说不定他就是一个太极高手，早已将你的强大化于无形之中，将你一阵推拿后，只轻轻一送就让你倒在地上永远也爬不起来。

平凡平静平常心

　　世间存百态，世象有纷繁，每个人都在自己人生的舞台上扮演着各不相同的角色，生活态度和生活方式也迥然不同。但不管怎样，面对平凡的、散淡的、缤纷的、艰难的生活，要想体味其中点点滴滴的幸福和快乐，就要拥有一颗平常心，保持内心的平静。只有这样，才能在各种环境中把握住自己的心，不让多余的私心杂欲扰乱自己生命的脚步。否则，你就会活得很累、很忧郁、很无聊。

　　在这个日益繁忙的社会中，有许多人，为了实现各自的人生目的，无不承受着巨大的心理压力，有的是为了最基本的生存，有的是为了获取更多的财富，有的是为了争取一定的职级、职位，把自己逼得太厉害，拼命地赚钱、拼命地工作。的确，有了钱，可以使生活更加安定。但尽管如此，有些人仍然不满足，只是以金钱和财富贮积的增加为幸福和快乐。

　　而有些平凡的人也能过上不平凡的生活，关键看你是否具有平凡的心态。最近，网络上有一句非常火的句子，深深地打动了我："我拼尽全力，终于过上了平凡的生活。"的确，我们身边的许多人家，都过着茶米油盐酱醋茶的平凡日子，能把这样的日子过得红红火火，原本就已经是很幸福的了。

　　生命没有贵贱之分，工作没有粗细和卑微之分，只有卑微的心态和卑贱的人格。有许许多多平凡的人都在自己平凡岗位上默默无闻地奉献着，发挥着自己最大的作用，有些还做出了不平凡的业绩。但平凡并不意味着平庸，也不意味着安于现状、满足现状，而是坦然地接受自己的平凡，热爱平凡。清洁工的岗位平凡，但没有清洁工的默默奉献，就没有城市的清洁和工作环境的整洁。而一些眼高手低的人，往往高不成低不就，或者挑三拣四，很难在平凡的岗位上做出不平凡的业绩。

许多刚刚走出校门的年轻人，认为现在是一个讲求实力和相关经验的社会，其中，大部分人能够抱着一种归零心态去面对社会与工作，用平凡的心态确立了自己的人生目标。但有些刚毕业的大学生，却对自己抱有很高的期望，认为自己接受了那么多年的教育，开始工作就应在其中崭露头角，就应该比没自己读书多的人得到更高的薪酬。如果不能如愿以偿，自己的自信心和工作热情就会打折扣，心情也不同程度受到影响。一个人年轻时遇到一些挫折、一些困惑，也不完全是坏事，总会获得一些机会和经验。最忌讳的是心浮气躁、急于求成。要想真正立足于社会，靠的是人品、能力知识、心理素质和身体素质，而不仅仅是大学所学的专业知识。只有静下心来，踏踏实实一步步学起、干起，才有利于成就自己的事业。

人生诸多烦恼、痛苦、怨愤皆由心生，生活在社会这个大名利场里，谁也不可能完全做到视名位功利如粪土。合理、有度的欲望是人奋发向上、积极进取的动力，正当的名位功利即是人的一种需要，也是实现自我价值、回报社会的舞台或者方式。但过于追求和索取名位功利，就犹如"飞蛾性趋炎，见火不见我"，整天将自己置身于忙忙碌碌、钩心斗角之中，内心在暂时得到的伪幸福中，患得患失、不得安宁。有些人，一辈子殚精竭虑、费尽心机、千般盘算、万般算计，最终则落得前功尽弃、前程尽毁。贪欲越多，忧虑、怨愤、恐惧、不安就会越多，就会削弱意志、削减勇气，陷入贪欲的泥潭无力自拔。

在现代这个飞速发展的社会，每个人的欲望不可能都永远得到满足，一个目标实现了，还会有追求更高更新目标的愿望，给原本不安分的心越来越多的刺激。面对一个又一个新的目标，始终保持一颗平常心、平静心，才能克制欲望，心不生妄念；才能心胸坦荡，多一点自知之明，平和坦然地对待得与失、成与败、荣与辱、贫与富。凡事顺其自然，遇事处之泰然，得之淡然，失之坦然，不偏不倚，不懈不满，淡定从容。

"谦受益，满招损"是先贤们留给后人的一句可以千年护身的箴言。在得意的时候，切勿得意忘形、自高自大；失意的时候，也不自轻自贱、自怨自艾。在偶有所得、偶有成就的时候，不要自我感觉过于良好，因而随意轻视人、伤害人；一时失败、一时失意的时候，决不自暴自弃、一蹶不振。人生的道路上，保持一颗平常心，顺境能适，逆境能安，不温不火，不卑不亢。凡事量力而行、量需而行，把自己份内的事情做好，把属于自己的责任全心全意履行好，即使有功也不自傲，有名也不气盛，有钱也不觉得腰粗，有禄也不白吃。

如此，淡定从容享受人生的一切美好。

学会放下，让生命轻简从容

    人生在世，每个人都不可避免地要经历风风雨雨、沟沟坎坎，有所得也必然会有所失，有喜也有忧，有顺境也有逆境。适时把自己"归零"，放下压力与烦恼，放下得失与荣辱，放下执念，理智而冷静地站在一个新的原点审视自己，接纳不完美的自己，从而完善自我，以全新的姿态容纳更多的幸福。

    在顺境的时候，一时的成功或阶段性的胜利，也许会让一个人感觉飘飘然，会因为过去的成绩和荣誉而趾高气扬。适时把自己的心态"归零"，可以戒骄戒躁、虚怀若谷，让好的东西不再迷惑现在，让自己收获平和的人生。逆境的时候，凡是思维经过的地方，都难免会有一些烦恼、一些浮躁、一些忧虑、一些悲伤等负面情绪，吸附在自己心灵的某个角落，有的或许只是一瞬间，有的或许会顽固成永恒。日积月累，心灵的空间就会被长期积攒的负面情绪"垃圾"填满。应该适时清空心灵的负载，让坏的东西不再影响自己的未来。

    明智的放弃胜过盲目的执着，学会放弃，是适时的自我调整，是目标的纠偏或再次确定。有时，人们会把执迷不悟当作执着，盲目地执着于那种不切实际的梦想和难以实现的目标，明知前路不通，还一如既往地向前狂奔。这样下去，走得越远，坚持得越久，给自己造成的精神损耗就越大，付出的代价就越惨痛。有的东西你想要却追而不得，一味地强求只会给自己带来压力、痛苦和焦虑。学会放弃是一种解脱，从得不到的淤泥里及时抽身，不去苛求不属于自己的人生，才不会被无情的现实所伤，才能更好地得到。

舍旧才能谋新。生活中，我们有太多难以割舍的东西，习惯了当下安逸的工作和生活，就会滞留在那个舒服区里不愿走出来。而习惯一旦形成，就极具稳定性，习惯左右着人的思维，也决定着一个人的命运。如果不放弃一些旧思想旧观念，不思进取、安于现状，就会丧失奋斗的动力和生命的活力；如果不放弃名缰利锁的束缚和对奢侈生活的追求，就会失去对当下幸福生活的享受和对美好未来的向往与追求。也许放下当时的一些习性不是一件容易的事，甚至是痛苦的选择，但为了获得更好的而放弃，才能无愧于人生。

人生路上，我们可能会有各种各样不幸的际遇，内心会留下无数的划痕，心境也变得日益浑浊沧桑。如果心里装满了自己的看法和想法，就不会再有大的作为了。只有适时清空过往一切，才能让新生活的清泉不断涌进自己的生命，让幸福的活水不断注入自己心灵，使自己如同重新获得新生一般，保持心灵的澄澈。

面对日新月异的世界，随时需要知识、信息。不断把心态归零，有足够的吸纳空间，不断汲取养分，从而使自己丰富起来，才能有更大的发展潜力。

一切假、丑、恶都是因为贪婪

　　贪婪源于对名利权位的过度迷恋。由于过分迷恋名利权位给自己带来的实际好处，甚至为之疯狂，心中便别无他物，唯利是胆，不计后果。贪婪的力量很大，是许多恶行恶果的根源。职场上，贪心不足的人，想要获取更多，便只顾自己不管他人，免不了损人利己或伤天害理。

　　王阳明一生中反复致意"致良知"三个字，他说："无善无恶是心之本，有善有恶是意之动，知善知恶是良知，为善去恶是格物。"他对"格物"的理解是去除贪欲而存其良知。"知"是指智慧，一个人如果有能力自主其心，就能获得心灵的健康、人格的完美和精神的强大，就不会被自身的种种欲望和情绪困扰。人一旦去除了贪欲，就不会有非分之想，就不会投机取巧，就不会损人利己。而是只凭自己一己之力取己当得，只追求实事求是的业绩，只做助人为乐的好事，从而彰显真、善、美的崇高品德。

　　名利对每个人都有着致命的诱惑，关键看你对名利是否抱有一种超然清醒和豁达的态度。管得住自己的人，碰上各种"好事"时，能够保持一种足够的清醒，能够权衡利弊，做个明白人；贪婪的人，在各种好处面前，总是难以摆脱冲一冲、试一试、争取一下的冲动或侥幸心理，最终因此付出昂贵的代价。

　　《菜根谭》中说："人只一念贪私，便销钢为柔，塞智为昏，变恩为惨，洁染为污，坏了一生人品。故古人以不贪为宝，所以度越一世。"意思是说，一个人一旦有一点贪婪或自私的念头，就很容易由刚直变懦弱，由聪明变昏庸，由慈悲变恶毒，由纯洁变污浊，结果毁了一生的品德。

贪婪如同海水，喝得越多越觉得口渴。贪婪者得到的好处越容易，占有欲就会越强烈，往往是吃了"黄瓜把"，还想吃"黄瓜肚"。当然，世上没有免费的午餐，任何不当的好处，甚至"天上掉下来的馅饼"都是有相应代价的，贪得无厌者，最终都不会有好下场。

贪婪者一般很善于伪装，很会逢场作戏。开始时，小恩小惠让你得到一点甜头；与你交友也讲哥们义气，甚至歃血为盟，好的似乎没有一丝缺憾，可一旦自己的欲望得不到满足，就立马势不两立，翻脸比翻书还快。所以，不要指望贪婪者会为谁流连驻足，会对谁心存感恩，他们在意的永远是下一个更大的目标。

贪婪有时就像人性中的鸦片，吸食的时候感觉很过瘾，完全意识不到它的坏处，等想抽身时就已经欲罢不能，最终毁了一生。现实社会中，有些人总是对已经拥有的感到不满足，要求更多乃至无穷，却在不知不觉中放弃了自己的初衷或者自己坚持的操守。很多时候，凭空而降的好处背后往往隐藏着陷阱，贪婪者起先被惯坏的是胃口，后来被惯坏的则是他的灵魂。灵魂坏了的贪婪，会变得邪恶和刻毒，干起坏事来会更加不择手段。

即使在日常的人际交往中，对他人施以恩惠，予以奖赏，最好也先浅后浓，先低潮后高潮。否则，先浓后浅，由多到少，他人就不会记着并感念这种恩惠奖励，反而还可能会因私欲膨胀，得不到满足而怨恨你。

永远保持乐观向上的积极心态

　　每个人都处在一定的环境中，有时我们可能会习惯地认为是环境制约了我们。其实，真正制约我们的不是环境，而是自己的心态。"心态是一个人真正的主人，要么你去驾驭生命，要么生命驾驭你，而你的心态将决定谁是坐骑，谁是骑师。"心态具有强大的能量，对一个人的影响起着至关重要的作用。一个人，保持乐观积极的心态，就会始终精力充沛、充满活力，敢于奋斗、勇于拼搏，就会发现人生的很多机会、很多出路。

　　人生路上，当你遇到各种各样的问题时，用乐观向上的积极心态去思考非常关键。"生活中的乐观，会给你带来惊喜。"在生活中，保持乐观的心态，学会在逆境中寻找希望，就能激发生命的潜能。因此，在逆境中，积极而谨慎地思考，就会战胜自己驱除心魔，就会产生克服困难的勇气和信心，不气馁，不怨天尤人，哪里摔倒再从哪里爬起来继续坚定地走下去，就能最大限度挖掘自身的潜能，踏踏实实地走好自己的每一步。如果在日常的工作和生活中养成积极思考的习惯，就会发现，你总能自觉、自愿快乐地对待工作，并把自己的工作当作一种兴趣，看成一种享受，一种自我价值的体现，一种责任的履行；总能感受当下生活中所有的美好，并用愉悦的心情享受自己的生活。

　　消极心态的人在潜意识里经常否定自己："这事我可能做不

好"，"上次失败了，这次再努力也好不到哪去"，"人生没有多大意义，过一天算一天吧"，"这辈子就这样了，再怎么努力学习也没有用"……凡事抱以否定性思考的人，或因工作、事业、感情、学习中的不公、不顺、难堪、挫折，常常抱怨、苦恼或心灰意冷，不知不觉中变得意志消沉或萎靡不振。心情不好的时候，还时常发脾气，抱怨家人、同事不争气，能力不强、拖自己后腿。对待工作也没多大兴趣，却能心安理得地享受工资福利待遇。工作能力和工作效率大打折扣，生活质量也会因此黯淡无光。

保持乐观积极心态的人，总能给身边人以正能量。他们在工作和生活中，总是心存美好，与人为善，给人以快乐、温暖、关怀和爱。常以快乐的情绪感染身边的人，带动大家共同营造和谐快乐的工作和生活氛围。他们很体谅别人，能欣赏别人的优点，包容别人的缺点和不足，尊重别人的选取。而消极心态的人，常常给人以一种忧愁、压抑、怨愤、焦虑、敏感、轻蔑等悲观情绪，时时刻刻都在给别人传递着负能量。本来开开心心的一件事情，只要他一开口说话，就会让人情不自禁地退避三舍，敬而远之。

消极心态的人，总是无所顾忌地把别人当成自己负面情绪的心理垃圾桶，总是把抱怨当成聊天的一种方式，生活中许多看不惯的事都能成为他们抱怨的理由，有时还会利用抱怨去惩罚那些自己妒忌的或看不顺眼的人，吹毛求疵、品头论足、说三道四，无形中向人们传递出"自己是受害者"的信息。这种凡事以否定性思考的人，传递给人的都是负能量，一定要远离，否则容易受其消极情绪的影响，陷入负面思维之中，导致自己与成功遥不可及。

一个人，在人际交往中，给别人的正能量越多，别人就越愿意选择与他为伍，与他交朋友。如果总能换位思考，站在对方的角度考虑问题，并尽可能给别人提供帮助，那他的人缘就会越来越好。所以，拥有乐观的积极心态，你就会找到人生的方向和意义，拥有一个幸福美好的人生。

永远都不要预支明天的烦恼

"得不到"和"已失去"是人类万般愁苦的根源。多数情况下，我们既担心想要的东西是否能得到，又担心已经得到了的东西是否会失去，有时还担心自己做出的选择是否正确。就这样，一天天大把大把的时间都消耗在了这种"内忧外患"之中。

《西游记》中有这么一回：唐僧师徒四人从西天取得真经归来，在通天河上经历了最后一难，只因未完成老龟所托付的事而被坠入河中，随身携带的所有经文也都被弄湿了，石头上晒的经书又被撕破了，唐僧为此痛心疾首，直到孙悟空道出天地本不全，不全正应全之理，唐僧才转悲为喜。

其实，人世间有很多事都是相对应的，比如，成与败、得与失、强于弱、悲与喜、美与丑、爱与恨……凡事都应顺其自然，不要逆天行事。然而生活中，有的人为了钱，东西南北团团转；为了权，上下左右团团转；为了名，日日夜夜团团转，常常感到殚精竭虑，痛心疾首，蹙眉千度。如果过于苛刻自己，事事较真较劲，成功也许会离你越来越远。每个人的一生都有各自的酸甜苦辣，没有谁一辈子都是顺顺利利的。古今中外，凡是能够成就大事的人，都能够充分依靠自己的智慧和知识解决问题、成就事业，绝不会纠缠于非原则的琐事，让自己陷入各种琐碎的烦恼、纠葛之中。

习惯用"负面"方式思考的人，过度的忧虑多来自于他们本身的"不安全感"和"不确定性",只要稍不顺心稍不如意就很容易"杞人忧天、庸人自扰"。比如,心眼小的人,有时把一些芝麻绿豆大小的琐事都当成难以想象的大事,任何一件小事都小题大做,常常抓不着头绪地往坏处想:宝宝今天发烧会不会影响他将来的智力;明天会上的发言,如果发挥不好可能会让自己丢面子;想给家人付出点什么却又力不从心……所有这些还没有发生,却强加给自己对未来预想的担心,都足以成为一个漩涡中心,将内心所有积攒下来的挫败感和自我不满统统都卷进来,使自己辗转反侧,寝食难安,抑郁不已。这种整天和自己过不去的烦恼,在你的心里每多停留一分钟,就多消耗你一分钟的时间和精力,也多影响你一分钟的好心情。

有的时候,我们之所以把自己的时间和精力白白耗费在自我矛盾之中,并非别人有意跟你过不去,也并非你跟自己过不去,而是你没有智慧或智慧不够的问题。有些人,听别人讲是非或者从手机、网络上看到一些负面信息,立刻就不加思考地照单全收,并被这些负面信息所左右,自己也自然而然地落入是非或负面信息观念之中了。有些人,对身边人所说的事,或者对张三李四的评价,未经查证核实就盲目地信以为真,丝毫不做理性的分析和判断,仅凭感性的认同,就能影响到你并牵着你的鼻子走,活该你总是活在各种烦恼和忧虑中。

"为什么活得这么累?生命本是如此美丽,连飞鸟和野花都可以尽情地享受上天的恩赐,而这些有高思维的聪明人,却活活让思维搞得神情郁郁,唉声叹气。"现在的生活跟过去比好了那么多,不愁吃、不愁穿、义务教育、基本医疗和住房安全有保障,究竟怎么才能让自己快乐呢?是更大的房子?更豪华的轿车?还是更多的金钱和物质?更高的职位?这些也许就是许多人努力奋斗、拼命赚钱的原动力，但是，有了这些就真的能快乐吗？

其实，快乐只是一种感受，这种感受与金钱、物质和地位等没有太大关系。烦恼和快乐是一对孪生姐妹，欲望少一点就快乐，欲望多一点就烦恼；计较少一点就快乐，计较多一点就烦恼；想的少一点就快乐，想的多一点就烦恼。高高兴兴是一天，愁眉苦脸也是一天，关键看你选择什么样的生活。

用心感知幸福的存在

——2017 岁末感怀

> 朝看花开满树红，暮看花落树还空。若将花比人间事，
> 花与人间事一同。

——唐·龙牙禅师

时间是最大的革新家，还没有来得及细品春天的"木棉花暖鸿鹄飞"、夏天的"布谷声中夏令新"、秋天的"万里悲秋常作客"，转眼就已到了"万树松萝万朵金"的冬天，一年就这样匆匆而过。

工作总是紧紧张张，时光总是匆匆忙忙，在季节的寒来暑往、日子的阴晴变幻中，心境也或多或少受到"感时花溅泪，恨别鸟惊伤"的影响。然而，时间不语，却能删繁留简；时间无情，也能验证很多真伪。生命中有过交集的人，能够遇见就是一种缘分，能够相处就是一种福分，无论是谁辜负了你，抑或是你辜负了谁，都已无须再沉浸于旧梦里，往事皆已从容。即使尽心尽力，也难如众人所愿。在乎你的人，才会对你真心实意；不在乎你的人，又何必曲意逢迎、祈求得到温柔以待。而那些泛着馨香气息的幸福温暖，已然沉淀在心的一隅；那些不期而遇的误解与责难，早已随一滴清泪滑落，所有爱过的、恨过的，都会丰富着我们的阅历、充盈着我们

的生命、装点着我们原本苍白的人生。

有些人，在过于喧嚣的世界里待得太久了，就会感叹生活的压抑。好吧，那就放一放吧！把脚步放得稍慢一些。闲暇时刻，去看看春的繁花照水、夏的绿柳扶疏、秋的银杏烁金、冬的银装素裹。以一颗天真的心去面对世界，用心感知当下幸福的存在，用心去体会生命中那些至真至纯的欢欣。

心灵也需要休息，也需要空间。其实，在我们今天的生活中，用平实思想生活的人，懂得名利与时间、健康和快乐是不可兼得的；过于在乎并追求名利的人，一般很少关注自己的精神生活，也很少在乎自己的心理健康，所以就很难感受到当下的幸福和快乐。

平时自在的生活态度并不一定要求你成为那种完全世俗的人，但城市中许多貌似普通的人，例如有的卖水果卖菜的小妹、快递小哥、保安大叔，等等，不管处于什么样的境遇，总能为自己铺陈出一种平和、宁静、希望、友爱、快乐的生活方式，只觉得天天都是好日子，季季都是好时节，每天都过得很快乐。

其实，很多时候，真正束缚住我们内心的是"在乎"二字，总是患得患失，以至于思维无法打开，所以就感觉"活得没有意义""活得太累""活得很不开心"。看透世间的纷纷扰扰和熙熙攘攘，就会有一种"柳暗花明又一村"的豁然开朗，有一种"一蓑烟雨任平生"的超然物外。这种感叹，更多的是一种面对得失的坦然和宁静，洞悉了"月有阴晴圆缺，人有悲欢离合"，自然就能"不以物喜，不以己悲"了。

嫉妒是心理自卑的表现

　　嫉妒是潜藏在爱嫉妒之人自身的，对别人拥有的财富、才华、声誉、美貌等一种强烈的"吃不到葡萄说葡萄酸"心理，透露的其实是一个人心底深深的自卑感。一般情况下，善妒之人，一旦发现原本与自己同领域或同水平的人在某些方面超过了自己，比如，取得了比自己更高的成就，展示出了比自己更优秀的才华，比自己生活得更幸福、更滋润等，就会产生强烈的自卑感，继而心理极度失衡，发展成为嫉妒。嫉妒心重的人，被自己扭曲的心灵纠缠得看不到自己的美好，于是便会有意无意挖苦、讽刺、打压、诽谤别人。

　　嫉妒作为人性的弱点，几乎是每个人都曾经有过的心理，只是多与少、表现出来与隐藏起来的不同而已。作为一个成熟的人，发现别人在学习、工作能力、职位职级或财富、美貌等方面超过自己时，一定要及时摒弃嫉妒心理，不能任由其不断地蔓延，更不能因嫉妒心理产生嫉妒行为而去伤害别人。特别是当嫉妒发展到严重地步时，内心产生的怨恨可能会越积越多，时间久了会影响自己的心理健康。

　　莎士比亚称嫉妒为"绿眼恶魔"，说它是心灵的野草，妨碍一个人健康地发展。对个人而言，当遇到比自己更优秀、更幸福、更快乐的人时，选择嫉妒与选择欣赏，往往会造成截然不同的两个结果。嫉妒对个人发展的危害是很明显的。嫉妒别人，既不能减损别人的优秀与成功，也不能增添自己的光彩，反而会加深自己的自卑感。自卑，就是自己轻视自己，看不起自己，总觉得自己的方方面面比不上别人，不但自尊心会受到严重挑战，能力水平也可能不同程度地受到抑制，长此以往，必然会遭到更多的失败。而真心欣赏比自己优秀的人，并努力学习其长处，以一颗善良之心对待他人，不但能在切磋和较量中不断提升自己，也能最大限度地缩小或消除彼此差距，或成就更好的自己。

多数嫉妒源于对名利的渴望。著名学者周国平在《论嫉妒》一文中说："嫉妒包含功利的计较。对某些精神价值，嫉妒者看中的也是可能带来的实际好处，例如学问和才华带来的名利。嫉贤妒能的实质是嫉名妒利。另一些精神价值，例如智慧和德行，由于无涉功利，所以不易招妒。超脱者因其适淡于名利而远离了嫉妒——既不妒人，也不招妒，万一被妒也不在乎。"也就是说热衷于追逐名利地位，并把名利地位当作实现人生价值终极目标的人，更容易产生嫉妒心理。而拥有强大自信力或有淡泊心境的人是不会嫉妒别人的。因为拥有强大自信力的人，对自我的能力始终有一种肯定和认同，甚至远远超出一般人，足以自信没有谁能成为自己的竞争和值得自己嫉妒的对手。拥有宁静淡泊心态的人，一般拥有充实而丰富的精神生活，精神上的满足才是他们幸福的源泉，而外界的虚名浮利在他们心中的分量根本就无足轻重。

爱攀比者善妒。如果总拿别人的长处跟自己的短处比，过于关注自己缺失的部分，不客观估量自己的真实能力，或者珍惜已经拥有的东西，难免会引发嫉妒、自卑等负面情绪。攀比有时容易使人迷失在虚荣的陷阱里，甚至彻底荒废此生。有些爱攀比者，看到别人取得了荣誉或成功，或者看到别人的日子比自己过得更滋润更幸福，就容易产生羡慕嫉妒恨心理。嫉妒心重的人，还惯于把自己的不如意、不努力或不慎产生的后果归咎于他人。有时只要不能心想事成，不能得偿所愿，就不加限制地放大自己的负面情感，把一腔妒火转化为损人不利己的负能量。其实，家家有本难念的经，没有人能随随便便地成功，你对别人的实际生活，以及别人成功背后的艰辛、无奈和缺憾并没有一个全面客观的了解，你所看到的也许不过是别人最风光的一面而已。

"天外有天，人外有人"。一个人，无论你多么优秀，做得多么好，总有比你更优秀、做得更好的人。与其嫉妒别人，不如踏踏实实做好自己，成就更好的自己。

不必太在意他人的毁誉言论

毁誉，通常是指一些品质低劣、善妒的闲人或者小人，因仇恨、妒忌、误解，或者别有用心的恶意诋毁而形成的对他人背后的闲言碎语、诽谤，甚至流言。无论是伟人、还是凡人、常人，都有可能受到诽谤。一般情况下，才貌越出众，名气越大，职位越高的人，毁誉越是如影随形。

人之初，性本善。每个人的内心深处原本都是向善的，但善恶相距并不遥远。素质高、有教养的人，能时时提醒自己做一个正直的人，时常会用一种明辨是非的理智或定力及时制止并摒弃一些不满足、攀比、嫉妒等一念之炽。而一些素质低劣、善妒的闲人或小人，心胸狭隘，专好背后说三道四、钻营拆台，自己不好也见不得别人好。即使是一时受身边环境刺激、熏染所致，萌生恶意而把对别人的主观臆测编得有声有色，夸大其词地逢人就说，给他人造成一定的心理伤害。这些毁誉言论一旦形成流言，将会给他人造成很大的心理伤害和负面影响。著名作家钱钟书曾说："流言这东西，比流感蔓延的速度更快，比流星所蕴含的能量更大，比流氓更具有恶意，比流产更能让人心力交瘁。"

每个人都是一个独立的个体，每个人的思维和行为方式也不尽相同。没有谁能永远赢得所有人的心、求得所有人的认同，甚至是拥护，尤其是在现代这个竞争日益激烈的社会里。即使是每天笑脸相迎的人，有时也不能完全看透其微笑的背后，究竟是真诚的夸奖还是含有其他什么"深意"，毕竟人心隔肚皮，知人知面难知心啊！

明枪易躲，暗箭难防。如果遇到别人的非议、误解或伤害，不要急于争辩，非得立马去论出个是非曲直来，更不要让自己迷失或活在别人的眼目口舌中，拿别人的错误惩罚自己。首先应该做的就是提高自控力和忍耐力，保持内心的沉静，尽可能地把时间和精力用在脚踏实地埋头做自己认定正确的事上，这往往能发挥出奇制胜的作用。这也是对那些无聊的瞎扯最好的蔑视，因为时间会告诉人们清者自清、浊者自浊。正如《菜根谭》中说："馋夫毁士，如寸云蔽日，不久自明。"说的是，造谣谄媚诋毁他人，如一小块云彩遮住了太阳，不久就会露出真相。很赞赏这样一句话：最高贵的惩罚就是沉默，最矜持的报复就是无视。俄国作家契诃夫说得好："有大狗，也有小狗。小狗不该因为大狗的存在而心慌意乱。所有的狗都应当叫，就让它们各自用自己的声音叫好了。"

俗话说，害人之心不可有，防人之心不可无。在社会上行走，谨慎行事，养成慎言慎行的习惯，不给他人留下任何把柄是极为重要的。所以，平时应多检视自己的言行举止，以免一时疏忽被别人抓住把柄而引火烧身。同时，还要练就一颗强大的心。一个人，如果能保持自己内心的强大，就能在遇到别人的无礼对待，甚至无意或恶意伤害时，始终保持冷静，使自己的内心不受到任何是非毁誉的侵扰；始终保持温和的态度，而不以无礼反击无礼，不失去自己的教养。因为他们懂得，人生真正的较量是意志与智慧的较量，不轻言放弃自己内心的追求，才能最终成为自己人生真正的赢家。

第五编　时时自省，步步睿智

自律是最好的管理

自律，是指在没有现场监督或者外部约束的情况下，自我理智控制自己一言一行的一种能力。每一个人都是自己的主人，都有一定的自主性，适度的自我节制、自我约束，能使人减少许多莽撞的行事和许多不必要的遗憾。

马克思曾说："道德的基础是人类精神的自律。"自律，是对自己负责的表现，一个懂得自律的人更加明白自己应该承担什么样的责任。承担责任是每个人必须具备的优良品质之一。一个人要担负起一定的责任，首先应该对自己负责，养成自律这种良好的行为习惯。

人这一辈子，一切努力都是为了提升尊严、延展自由。懂得自律的人，与生俱来的自尊和身边人对自己的评价或者舆论都足以使他努力维护自己的良好形象，时常依照好的准则来检视自己的思想和言行，在一点一滴之间要求自己，及时自觉并有效地修正自己。他们有明辨是非的理智和定力，知道自己该做什么、不该做什么，不会让欲望淹没自己的心灵。他们心里亮堂堂的，照得见自己也照得见别人，因为懂得责任是一个人立身之本，提升个人信誉与尊严的基石。

　　敬畏是自律的开始，也是行为的界限。一个人，如果始终以敬畏和谨慎的态度保持自己内心的清明澄澈，又以好的准则作为自己外在的行为规范，那么他永远也不会做出任何出格的事。《中庸》有语："君子戒慎乎其所不睹，恐惧乎其所不闻。"意思是说，品德高尚的人在没有人看到的地方，也要保持小心谨慎；在没有人听到的地方，也要心存敬畏。自律、慎独慎微不仅考验一个人的品德修养，而且能让人时时自省，心存敬畏，反思对与错、好与坏、利与弊，在不需要外部鞭策或监督的情况下，在细微之处，都能始终坚守内心的纯洁与高贵。而不知敬畏的人往往不自律，对小的贪念和不良行为不能及时自觉并且收敛、修正，逐渐在欲望中沉沦，终将导致不良后果。

　　明代的张瀚初任御史时，有一次去参见都台长官王廷相，王廷相给张瀚讲了一则乘轿见闻。说他某一天乘轿进城办事时遇上了大雨，其中一个轿夫刚好穿双新鞋，刚开始他还小心翼翼地专走干净的路面，后来一不小心踩进了泥水坑里把鞋弄脏了，此后他就再也不顾惜自己的鞋了。王廷相最后总结说："处世立身的道理也是一样啊。只要你一不小心犯了错误，那么以后你就再也不会有所顾忌了。所以，常常检点约束自己，是一个人必修的功课。"

　　这个历史故事告诉我们慎始的重要性。人一旦踩进"泥水坑"，往往就有一种"破罐子破摔"的心理，从此便"不复顾惜"了！凡事都有第一次，第一次其实是一道防线，有了第一次，防线被突破，就会全线崩溃。

　　人生是个万花筒，让人眼花缭乱，个人在变幻莫测的社会现象面前要懂得自律，以防变化莫测。一个人在官场上，如果不懂得自律、慎独慎微，是很难长久保持最开始时的那片清正廉明之气的，是很容易被围猎和被一些恶习所污染而踩进"泥坑"的。其实这是因为他们没有戒慎于不良念头和行为发生之初，如果对党纪国法心存敬畏，固守底线，把握好第一次，就不至于失去尊严，失去自由，甚至失去生命。

无数案例证明，党员领导干部"破法"，无不始于"破纪"。

自律与坚持是高贵的品质，懂得自律的人，才可能有诗和远方。

自省责己，贵于责人

关于自律自省的立身处世道理，自古以来的圣贤们都认为，要严于律己，宽以待人。孔子在《论语》中曾说："见贤思齐焉，见不贤而自省也""躬自厚而薄责于人""内省不疚"，他主张"过则勿惮改""不贰过"。曾子也曾说："吾日三省吾身。"

反省，是一个人对自己心灵的镜鉴和佛试，是自我觉醒、自我完善的过程。"躬自厚而薄责于人"，意思是我们在反省自己的言行，严格要求自己的同时，对别人也不太苛刻，抓住别人的错误不放。有良好修养的人，都是善于自省的人。他们严于律己，同时也谦虚好礼，善于学习和倾听。既广泛接纳他人的意见，又正确对待与自己的意见和见识不同的人。

人非圣贤，孰能无过。在与人相处的过程中，难免会因意见相左而发生摩擦和矛盾，如果首先反思自己是否有做得不到位的地方，不虚伪、不掩饰、不推卸责任，懂得包容、体谅和理解，善于求大同存小异，就会和谐地与人相处、共事，生活的道路上也会少一些荆棘，自己也会得到他人的尊重。相反，过分挑剔，对小事太较真儿，容不得别人出半点毛病，动辄批评指责，甚至在背后说三道四，那么最后别人就会对你避之唯恐不及。如果自己有不对的地方，却不愿摆正心态，总是想方设法地为自己找借口辩护开脱，或者把责任推到别人那里，这样反而会使人感到虚伪，不真实，其人品无疑也会受到质疑。工作和生活中，不仅别人无意中错待自己时不要太在意，自己也不要花费精力去找别人的麻烦。

"知人者智，自知者明"。一个人最难的不是判断别人，而是清醒地认识自己。正如别人脸上的饭粒我们能够一目了然，而自己脸上的米粒却很难察觉一样。无论你的交往对象是什么样的人，应看到别人的优点，对别人多一些赞美，少一些斥责。其实，真诚地赞美别人也是对自己有足够的自信的一种表现，也可以使别人感受到温暖和快乐，鼓励、激励别人发挥自己的潜能。如果总是凭自己的喜好评价别人、要求别人，自己却做得不怎么样，这种人是很令人失望的。事实上，每一个人的人生本来就不容易，充满了这样那样的艰辛，如果你再不负责任地为难别人，吹毛求疵，打击别人的同时也会给你招致很多怨恨。

在人的精神世界里，往往存在着矛盾的两面性，善与恶、美与丑、清与浊、正与邪、真与伪。经常反省和自我剖析，能使你主动防止和纠正思想上的偏差，告诫自己不犯错误，少犯错误，即使有了小错也能及时加以改正。管理好自己的思想，以崇高的思维来引导自己，及时清扫自己的心灵，高尚自己的品格，提高自己的才能。

要在越来越忙碌的生活中，经常停下来反思一下自己的点点滴滴，静下心来问问自己做了什么、做对了什么、应该做什么，而不总是要求别人该做什么，或者谁谁谁曾经在哪些方面对不起自己。所以，凡事从自己做起，勤于自省，善于总结，不断提高，你就会时时进步，就会越来越出色。

忠言逆耳利于行

俗话说："良药苦口利于病，忠言逆耳利于行。"这话说起来有些轻巧，但谁爱吃那些苦涩的草药呢？小孩子生病时还得大人哄着或捏着鼻子灌才能把苦药服下，大人们一般也不太爱听那些对自己"带刺"的话。

虽然自古忠言逆耳，但每个人都喜欢听溢美之词，厌恶批评之语，也全然不管那些溢美之词是否客观公正，这是人性的弱点。每当听到别人对自己批评的话语，心中或多或少都会有一种难以抑制的不满和排斥，有时还会本能地立即进行自我辩护或予以驳斥。

很多人觉得那些忠诚直率的话，尤其是指出自身存在的某些不足的意见不好听，有时还会对给自己进献"忠言"的人心生怨意，让人家落得个"好心没好报"的下场。孔子曾说："忠告而善道之，不可则止，毋自辱焉。"意思是，对朋友不对的地方要及时指出来，尽心尽力劝勉他加以改正，但如果朋友实在是听不进你的多次劝告，就不要再勉强了，否则，朋友会慢慢疏远你，或者可能还会怨恨你。说的也是这个道理。

一个人，个人的眼光和精力毕竟有限，考虑问题不可能面面俱到，做事也不可能事事圆满，总会有不到位、不周全的地方，即使再有远见，也难敌众人各方的想法和见解。有时，可能专注于自身的优点和别人的缺点多一点，完全意识到自身不足少一点。这个时候，朋友或同事真诚的意见建议或批评就很重要了，只有不断完善自己，才能使自己变得越来越好。

熟悉历史的人都知道，"人，以铜为镜，可以正衣冠；以古为镜，可以见兴替；以人为镜，可以知得失"，这是中国历史上的明君之一，唐太宗李世民在魏征死后感叹的几句话。据史籍记载，魏征为了李唐的江山社稷曾数次上疏，直陈唐太宗的过错，使李世民感到很没面子，但只要冷静下来，唐太宗都虚心纳谏，择善而从。

有些批评意见虽然刺耳，听起来让人不舒服，令人难以接受，但它却有品评、判断、指出好坏的作用，带有激励、教导和鞭策的愿望。无论做什么事，每当面对身边人投来质疑或不满的目光、提出相反意见建议的时候，心里自然会感到不舒服或难过，甚至是愤怒。但只要是为了自己或自己所从事的事业好，有利于解决问题，就应该趋利避害，朝好的方向努力，而不应为了顾全自己所谓的面子耽误了本职工作。

"信言不美，美言不信"。如果没有逆耳之言、佛心之事，听到的都是夸奖，这对自己半点好处都没有。人不可能没有缺点，如果遇到一个或几个知心朋友，一看到你的缺点就会毫不客气地指出来，你要是不改，他就会撵着你并没完没了地说你，那你一定要倍加珍惜。这样的挚友净友会让你终生受益的。真正的好朋友在交往中，就应该是彼此取长补短，在品德上互相砥砺，工作上互相促进，有不足时能够互相提醒。

人这一生，能遇到一位真正的朋友实属不易。如果确定对方可以是很好的朋友，那么在发现对方有这样那样的小毛病时，就一定要帮他改正过来。但在说逆耳忠言前，即使你的意见是对的，也要顾及对方的自尊心，选择适当的场合和适当的方式进行劝勉，使朋友明白、理解你的苦心真情。否则，不但听不进你的规劝，还有可能怨恨你，甚至果断远离你。

择友宜慎，宁缺毋滥

随着人们交往的日益增多，"朋友"这个词经常被人们挂在嘴边。人这辈子不能没有朋友，没有朋友的人生是悲哀的，一辈子只能与寂寞、失落和无助形影相随。人们都知道交朋友的好处，也都担心交朋友的坏处。一般情况下，朋友会对一个人的思想、品德、学识等产生很重要的影响，所以要慎交友、慎择友，懂得提纯自己的社交愿望、提高自己的社交品味。一旦交友不慎，就有可能给自己带来许多不必要的麻烦，甚至死在所谓的"朋友"手里都不知道自己是怎么死的。

唐代诗人孟郊的《审交》一诗中说："结交若失人，中道生谤言，君子芳杜酒，春浓寒更繁；小人槿花放，朝在夕不存。唯当金石友，可与贤达论。"意思是说，如果交友不慎交了坏朋友，到了中途就会遭到他人的诽谤和议论。君子之交如陈年佳酿，天气越冷越香醇，与小人交往就如同槿花绽放，朝开夕谢。只有与那些可以肝胆相照的人结下稳固的友情，才可以与这些贤达之士坐而论道。孟郊在他的这首诗里，专门分析了结交好朋友与坏朋友可能给自己带来的后果。

社会是复杂的，人心是多变的。每个人，都在自己的人生舞台上扮演着不同的角色，台词和真实意图也各不相同。真正了解一个人并不是一件容易的事，即使是认识多年的同学、同事、朋友，不经事是看不出对方是否是自己真正的朋友，值不值得自己为守候那份友情而付出。

随着人生经历的变化，朋友之间，有时也会因为在某个关键问题上出现意见分歧，或者因为各自的人生追求发生变化，而使友情破裂。如果确定彼此不是同路人，已没有任何相处的必要，就果断割舍掉这份情谊，不必再纠结。比如，有的朋友可以与其吃苦受累共同创业，但却无法共同守业，遇到重大利益取舍时不能相互支持或谦让，甚至可能翻脸，成为不共戴天的死敌；有的可以共享荣华富贵，但遇到一方职务变故或者有难，另一方却躲得可能比谁都远；有的事业发展后有了一定的职务和社会地位，对方要么利用朋友过分炫耀抬高自己身价，要么利用朋友影响谋取私利；有的以自己的标准要求朋友，要么吹毛求疵，要么自己的需求未能得到满足就心生怨恨，等等。

明代苏浚将朋友分为四种："道义相砥，过失相规，畏友也；缓急可共，生死可托，密友也；甘言如饴，游戏征随，昵友也；利则相合，患则相倾，贼友也。"因此，交友要有选择，多交益友、畏友、密友，不交损友、昵友、贼友。益友是基于了解、理解、信任基础上，彼此有共同的志向、思想、爱好，是巨大的财富。反之不幸交了"损者三友"，可就要当心了。这些巨大的负资产，前一秒可能还与你推心置腹，下一秒就可能出卖你，轻则给你抹黑造成许多负面影响，或者被欺骗被利用使自己受伤害，重则被害成为阶下囚。所以，一旦发现一个朋友的原则思想与你不一致，则应尽快远离他，以免引祸上身。

曾国藩对朋友的选择十分讲究，他在写给弟弟的信中说："一生之成败，皆关乎朋友之贤否，不可不慎也。"显而易见，曾国藩把交朋友看作是一项十分严肃的事情，绝对不可轻率。曾国藩交友有一个原则，就是绝不给损友第二次毁自己的机会，永远不来往，非常坚决。曾国藩结交的许多益友对他个人的事业发展起到了非常重要作用。与这些益友交往，有的增长了他的学识，有的为他出谋划策，有的在危难之时为他两肋插刀。因此，当时的曾国藩比其他人能更加深刻地理解"择友为人生第一要义"的深刻含义。

人人知道益友的知心可贵，都珍惜这种真挚的友情，但凡使人们珍惜的，也一定是稀缺的。人的一生，如果能有一位或几位知己的朋友，那就一定要倍加珍惜。真正的朋友相处往往平淡如水，毫不掺杂任何虚情假意和利益成分，也没有半点强求、干涉和控制。彼此之间，笃定不移地信任，情趣脾气相投相合，交往和谐深沉。不管什么时候，也都恪守交友之道。

西晋思想家傅玄曾说："近朱者赤，近墨者黑。"的确，生活中，我们都会不经意间接受来自外界潜移默化的影响，从而不知不觉地改变了自己的品行。"见贤思齐焉。"说明，如果一个人周围都是一些道德高尚的人，那么这个人也会通过努力赶超他们。同样，如果一个人总是与一些道德素质低下的人交往，久而久之他的品行也会变得恶劣。

凡事遇到目的性和功利性过强，以"利益"为纽带，把"交朋友"作为手段的交往对象，一定要礼貌地敬而远之，越早"断舍离"越好。这种人维持朋友关系的时间应该在"目的"尚未达到的阶段。与这样的所谓"朋友"相处，不但损耗你的许多宝贵时间和精力，说不定最后还会毁了你。不知道止损的投资者注定要倾家荡产，处理朋友关系问题上也是如此。

在与人的交往过程中，要学会明辨是非，注意把握好交往的尺度，要有自己的判断和主意，慎重选择交往的程度，尽量做到"交益友而不交损友"。同时，注重修炼自己的做人与交友之道，把

"敬而无失""恭而有礼"作为座右铭，这样益友自会不请自来。通过与益友的交往，不断提高修养，增长才干，做一个德才兼备的人。不但自己受人称赞，还会吸引到更多德才兼备的益友。

与其抱怨，不如努力

人这一生，不如意事十有八九，与其怨天尤人，不如努力奋斗。

平日里，遇到一些挫折和烦恼的时候，在适当的情况下，跟自己比较亲近的人念叨念叨或发发小牢骚，并不会给我们的工作和生活造成什么太大的破坏或影响，毕竟身处这个纷繁复杂的现实社会中，有谁能时时事事处处都称心如意，没点烦恼呢？但是，如果凡事都要求公平，并按照个人意愿发展，只要遇到点困难、挫折或者不顺心的事，就喋喋不休地抱怨社会不公、时运不济、怀才不遇、工作太累、日子太难、压力太大……好像满肚子的苦水或痛苦，整天沉溺于扮演受害者角色，把不幸挂嘴边，那就会成为人人避之不及的讨厌鬼。一味地抱怨，不但无助于解决任何问题，久而久之，还会逐渐失去改变自己或改变不良处境的信心和勇气，最终一事无成。

戴尔·卡内基说："任何愚蠢的人都能批评、谴责和抱怨别人，但宽容与理解却需要修养与自控。"这句话道出了人性的自私和褊狭。怀有抱怨心理的人，通常是一些心胸狭窄、私心较重的人。他们凡事只考虑自己，却又常常自以为是，热衷于站在道德的制高点，居高临下地俯视他人，任何的不如意、不满足都能成为其抱怨的"源泉"。似乎只能借以无用的抱怨，来达到维护其自尊的作用，并且最大限度地掩盖其当下的无能、无奈和懦弱。

私欲和偏情容易衍生出抱怨。还有许多爱抱怨之人，遇事习惯于站在自己的立场上考虑问题，凡事以自我为中心，只看到自己的付出，看不到自己的所得。对分内的事有工夫发牢骚，却不愿动脑筋想办法如何做好，而且还能振振有词说出一大堆的理由。如果能够换位思考，试着站在别人的立场上考虑问题，理解别人，就能有效抑制住自己的抱怨，冷静下来寻找解决问题的办法。一味地抱怨，除了让自己感到更加烦闷，享受不到曾经奋斗出来的幸福之外，对改变自己的境遇没有任何帮助，还有可能让自己当下的情况变得越来越糟糕。

怨人者穷，怨天者无志。抱怨是一种习惯，习惯于抱怨的人只能将自己束缚于当下的不幸之中，就像搬起石头砸自己的脚，于人无益，于己不利。一个人，如果总是着眼于自己一时的不顺、不幸和不公，并将一些琐碎的不顺心不如意之事作为抱怨的素材，那么他不仅眼下和过去是"倒霉"的，将来有可能也会在一味地抱怨中变得越来越"倒霉"，在痛苦烦恼的泥潭中越陷越深。

苦尽才能甘来，人要秉承这个信念才能熬过自己工作和生活中最难熬的那些阶段，而不是靠一味地自艾自怜或抱怨挨日子。与其毫无意义地抱怨不休，不如锲而不舍地去勤奋上进。改变或调整自己的思路，踏踏实实地认真做好每一件自己应该做的事，能补救的尽力补救，无力改变的就坦然面对。只有这样，才能迎来人生的转机，拥有理想的工作环境，过上想要的生活。即使你全力以赴地做某件事，最后结果却不尽人意，也不要感到后悔，更不必颓废丧志。只要心存高远，平静地面对生活中的磨难，就自然不会怨天尤人，也不至于被一时的不如意扰乱了人生的步调。

防人须防伪善之人

　　漂浮在大海里的冰山，常给人一种假象，以为冰山只是漂浮在水面上的那样大小。殊不知，真正危险的却是藏在水面下的部分，这部分大约占冰山面积的 90% 以上。而让泰坦尼克号等那些船只触礁的，当然是在水面下的冰山。人与人之间也是如此，也会有许多假象。有些人身上许多似是而非的东西，平时包装得都比较严实，需要我们用心观察和了解。

　　每个人都喜欢好人、讨厌坏人，真正的好人让人爱得很纯粹，真正的坏人让人恨得也纯粹。但还有一种人，介于这两者之间，他们平时善于以仁义道德为幌子迷惑别人，这种人，就是所谓的伪善之人。比如金庸的《笑傲江湖》中的岳不群，可谓伪善之人中的代表，他表面上总给人一种温、良、恭、俭、让的谦谦君子形象，可一部《葵花宝典》，便把他所有的伪装撕破，最后变成六亲不认的十足恶人。

　　伪善之人，思想上、道德上、精神上都是装出来的"君子行为"，有的还满腹经纶，事事都能讲得头头是道、条条是理。他们表面上和善大度，道貌岸然，对待他人永远只会表现出自己比较阳光的一面，而其内心却是阴暗、冷漠和自私的。他们嘴上说一套、背地里做的却是另一套，有的做事违背良知，任意妄为，图谋自身利益；有的以自我为中心，以一己得与失作为好与坏、喜与忧的评判标准，人前言笑晏晏，人后恶语相向，善用各种借口和谎言掩盖真相，甚至找替罪羊。

其实，小人与伪善之人都很善于伪装。但小人伪装得即使再完美，也难逃那些能善辨真伪之人的眼睛，只需学会防守，小人便无从下手或下口。而伪善之人，大多会在言辞和神态上下一番苦功，他们往往会把自己见不得人的意图掩藏在其巧言令色之下，当面关心你，令你如沐春风，对你造成麻痹，使你疏于提防，在不知不觉中便上当受骗，甚至遭受物质和精神的双重损失。所以，对那些表里不一的伪善之人，要保持高度的警惕，否则，被欺骗、被利用，后悔都来不及。

希腊悲剧大师索福克勒斯曾说："世间最难以揣测的事情，莫过于人的思想和心灵。要想看清楚一个人，最好的办法是将权杖塞到他手里，看他如何行权号令，人的本质在权力中进行。"这句话说得很深刻，在权力行使过程中，最容易显示出一个人的真实本色。无论什么样职位的领导，手中都有一定的权力，可以指挥其他人为一个目标而努力、而行动。

权力有多大，责任就有多大，就应该发挥多大的能力。现实生活中，特别是在政治领域，一些伪善之人做出来的事比小人所做的坏事危害更大。有的在为党和人民服务的岗位上，戴着假面具去干那些伤天害理的事，最终落得倾家荡产，甚至家破人亡。有的干到了一定的职位，觉得升迁无望，便不思进取，虽两袖清风，却慵懒懈怠，无所作为。伪善之人在待人接物上，对比自己地位高的人喜欢阿谀奉承、溜须拍马，遇到比自己地位低的就自命不凡、颐指气使；对有地位的就客客气气、满脸堆笑，对普通老百姓则居高临下、盛气凌人。这些不都是人的本质在权力中尽显的示例吗？

做人，须防真小人，也须防伪善之人。

时时自省　步步睿智

俗话说，"人无完人，金无足赤"。勤于自省，及时审视和反思自己的所思所想、所言所行，就能及时自觉自身的不足，并修正完善。在当今万花筒般变幻莫测的社会中，无论是在日常平凡琐碎的工作和生活中，还是面对各种各样的选择、挑战和诱惑，做到时时自省，保持一种足够的清醒，用足够的智慧去权衡利弊，就能拥有一个真正的智慧人生。

曾子说，"吾日三省吾身"，体现的是人需有一种自律精神。能做到这一点，自始至终都会不断向越来越好的方向发展。否则，即使有好的开始，也不见得会有好的结果。老子说："慎终如始，则无败事。"说的是，做事如果善始善终，那么就不会有失败的结果出现了。人生之路漫长，做人做事要想"慎终如始"，一直到最后都像开始时那样谨慎，就要做到自律自省。自律与不自律的人生，会有天壤之别。自律自省，能够让人理清生活中的细枝末节，并让其各安其位，稳当妥帖，串联起井然有序又自在轻盈的人生。反之，在纷扰的人世间，就会缺乏定力，容易迷失自己，面对各种各样的诱惑，要么随波逐流，要么成为受外在牵制的奴隶。官场上一些人，政治生命的前半程与其他同僚并无差别，可到了后半程就同途殊归，走到另一个世界去了。假如那些人在自己的妄念萌起之时，能让自己明辨是非的理智赶在做傻事之前及时熄灭，就不会导致人生失败的结果。

古诗云："不识庐山真面目，只缘身在此山中。"体现的是，人有时会在不知不觉中受主观因素影响，跳不出自我的小圈子，对自己、对他人、对事情做出不正确的判断。无论学习工作还是生活中，应经常在反省中扪心自问：自己是怎样的一个人？什么对自己才是最重要的？在自己成长和发展的过程中，不断审视自己的价值观、质疑自己的思路、锻炼自己的判断能力，在实践中不断修炼、修正自己的认识，完善自我，使自己变得更自信，努力方向也会更加明确。正如苏格拉底所说的："一种未经审视的生活还不如没有的好。"

时时自省能让你对自己一时的过失提高警惕，不至于再犯同样的错误或在错误的道路上越走越远。有些人，虽然才华与能力超群，但在事业上总难有成就，究其原因，主要是因为他们"只管低头拉车，不顾抬头看路"，或者是取得了一点点的成绩，就得意忘形地去炫耀自己，看不到错误或者不愿承认错误、不愿改进自己。而有些人，也许刚开始参加工作时并不太出色，但能勤于自省，善于发现自身存在的不足，并且知道如何去改变、去适应工作或事业的要求，从而使自己变得越来越优秀。

社会是复杂的，人心是多变的。工作和生活中，我们难免会遇到不顺眼的或比较厌恶的人，尽管不是我们不够真诚，也不是我们不够专业。如果不具备强有力的自我省察和自我控制能力，没有足够的自信和定力，一旦遭遇别人误解与责难、无端的指责或恶意的伤害，你如何能真正做到平心静气，甚至笑脸相迎呢？你没有暴跳如雷就已经很难得了，哪还有什么心思去调节自己心态和情绪去从容淡定地应对呢？更不用说能更好地保全和发展自己了。

做到"吾日三省吾身"和"慎终如始"的人，有高尚的道德修养，有丰盈的思想，有丰厚的知识底蕴。他们能以一种谦虚谨慎的态度和原则去对待周围的人和事，能以实现自己远大的人生理想和追求目标为最终目的。与别人的交往中，他们不会在乎别人的冒犯、误解和偏见，也不会被那些暴躁或者恶意的言行所激怒，更不会有任何过激的行为。古今中外，许多伟大人物都已经为我们做出了榜样，提供了足够的学习参考。

时时自省在任何人的身上都会发生较大效用，它给你带来的不仅仅是智慧，使你变得更加强大，更是一种心灵的净化，无论做什么，都会有前所未有的干劲。

控制好情绪是本事

　　喜怒哀乐是人之常情，每个人的生活中都会出现一些烦心事，都不可避免地要在心理上产生反映，发生各种各样的情绪变化，并且通过表情、行动、言语等表现出来，不论是面对感情，还是面对朋友交往、同事相处，莫不如此。有的人，在任何时候、任何情况下，都能有效地调整、控制好自己的情绪，做自己情绪的主人，不失控、不纠结，恰到好处。能够控制好情绪，做一个平和的人，是一种本事，也关乎其为人处世的成败得失。与这样的人共事或交友，心里感到踏实。

　　真正有本事的人，在处理各类事务时，能够恰到好处地控制自己的脾气，不随意在外人面前展露自己的坏情绪。这样的人，表面平凡，实则内聚，有丰盈的思想、丰厚知识底蕴和修养做内在的支撑。他们在对异己者包容、对他人选取尊重、对不同意见重视的同时，也能急而能安，缓而不缀，沉着冷静地思考问题，谨慎地处理问题。他们不计较个人的得与失，也不在乎别人的冒犯、误解和偏见，懂得平和地对待他人，做到"卒然临之而不惊，无故加之而不怒"。这样的人，无论何时都非常值得人尊重和敬佩。

　　脾气急、爱意气用事、情绪易激动的人，往往不冷静、不理智，遇事爱大动肝火，有时还对周围人发脾气，实在愤怒的时候，可能还不计后果地脱口而出一些过激的话。有些情绪悲观的人总是受累于情绪，遇到困难或不顺就容易迁怒于身边的人，埋怨指责合作伙伴。只要别人表现得快乐一些，他就会耿耿于怀，甚至寻衅"制服"对方，以平衡自己的不满或妒忌情绪，引起别人的反感。

人们常说，心情不好的时候最好不吭声；生气的时候最好不做任何决定；无奈的时候最好不做出选择。如果情绪最盛之时去做决定或选择，往往会事与愿违，可能会把事情越搞越糟。所以，越是遭遇紧急情况的时候，越要控制好自己的情绪，设法让自己保持冷静，避免冲动行事，酿成苦果。

每个人的工作和生活都不可能尽如人意，如果心里的一些不安、不自信、焦虑等负面情绪积压太久，不能以适当方式得以宣泄，人就会变得越来越敏感。只要稍遇到一点摩擦，就有可能把周围人当成出气筒，不仅招致别人的反感，自己也会很不开心。即使自己是心怀善意的言行，但脾气发出来了，也难以让人理解，反而容易被人误解。如果你是对的，则无须据理力争；如果你是错的，保持沉默或微笑又有何妨？至少及时止损也是一种进步和收获。

情商高的人，一般都懂得如何掌控自己的情绪，懂得冷静做人，理智处事。即使办事出了点差错，也能把实际的损失降到最低点。他们不会将自己宝贵的时间和精力浪费在负面情绪的泥沼里。然而在职场，最怕遇到只会挑下属毛病、总是指责下属的领导。这样的人凡事都爱较真儿，无论下属工作如何努力，他都会先挑对方或大家的毛病，好像只有他自己高明。有时当你对某种情况感到无能为力的时候，唯一能做的就是保持沉默。

人的涵养关键在于控制自己的情绪，毕竟用嘴伤人是一种愚蠢的行为。错误可以改正，但所造成的伤害有时却会覆水难收。有研究表明，愤怒情绪持续的时间一般不超过 12 秒，如果能忍住 12 秒不发火，怒气就会渐渐消解。假如你实在控制不住想发脾气的时候，不妨先做 12 秒的深呼吸，等心平气和的时候再表达自己的感受，再处理争执或矛盾，这样有利于营造和谐融洽的人际关系。

现代社会，需要团结协作，形成合力。一个有好脾气好性格的人，易于被人接纳，受人尊重，越能与其他优秀的人有机结合在一起，才能产生巨大能量，才能在事业上有所建树。

交浅切忌言深

古人说："交浅言深误世人。"在这个由人构成的社会里，每个人身边的人际关系都千丝万缕，有同学，有同事，有朋友。俗话说："相识满天下，知心能几人？"有些人与你交往时，为了自己或亲朋好友的生存、利益、职级升迁，一般都会戴着假面具，而且演的也正是你喜欢的角色，使你疏于防备。不管你和他人是"一见如故"还是"云深不知处"，在与他人交往、合作的过程中，都应保持一定的距离，保留一些空间，保持清醒头脑和敏锐判断力，交往尚浅则不宜谈论过深。这对你识人做事，避免吃亏上当，都是极其重要的。

路遥知马力，日久见人心。人的善恶好坏是隐藏不了多长时间的，用时间去看人，在事上识人，才能真正了解一个人。遇到大事、难事看他是胜任自如，还是像霜打的茄子一样蔫头蔫脑；遇到涉及其自身利益的事，看他是不计较个人利益得失，还是整天围着自己的那点小九九打转转，甚至以个人得失为好与坏的标准对待他人。

有时，不掺杂任何评论、对照做事结果观察对方的言行，有利于决定你与他交往的程度和交流的深度。简单朴拙，不善巧言的人不一定就背叛，承欢顺命使人满意的人不一定就忠诚；能说会道的人不一定就身体力行，身体力行的人不一定能说会道；当面夸你的人背后不一定不诋毁你，当面批评你的人背后不一定不赞美你。要了解一个人，就观察他的言行举止，如果置身太近，有时反而感觉不到他人真实的一面，如果是出于敬重等原因轻信他人，并把心里话一股脑地全告诉他，甚至把对第三者的褒贬评价和是非好歹也倾囊吐出，到头来让你肠子都悔绿了也无济于事。

每天都要面对人，离不开言语的交流。常言道："祸从口出，病从口入。"嘴是心的大门，说话对象决定你说话造成的影响。在初始与人交往过程中，谨言慎行是非常有必要的，毕竟很多时候"说者无意，听者有心"。言多者必有语失，说多了可能被人抓住把柄，也会泄露心中的秘密，如果遇到良心没有自律、人心叵测之人，还可能惹起是非。所以与一般人打交道，不当说的话不说，当说的话未经思考、不到关键时候尽量不说，要说就要说到点子上。

工作和生活中，曾因社会经验和生活阅历不够丰富、言语不慎而招来过误会，甚至伤害的人比比皆是。有些人心里就是藏不住事儿，遇有喜怒哀乐之事，总想找个朋友或同事说说，没想到给自己招来了羡慕嫉妒恨，或者成了别人传播是非的源头。有些性情直爽的人，心无任何城府，说话直来直去，初始与人交往中，也许无意中一句话就触犯了别人身上的逆鳞，让人怨怼自己很久很久。有时不分时间、不分对象地便轻抛了一片心，把心腑之言一股脑地全部掏出来，却遭"一锤定音"的误解，给自己的身心带来永远的伤害。

总之，语言太厉害了，须多方面加以约束，方能远离是非缠身，获得清净平安。

谨防"小人"的挑拨离间

在一个单位工作，人们最忌讳其间存在一个爱无事生非、挑拨离间的人。这种人，表面上大多很会说话，见人说人话，见鬼说鬼话；很会与他人套近乎，懂得用小恩小惠拉拢各类同事；很会来事，能在八面玲珑中，左右逢源，与一般人接触、交往也很讲感情，短时间内会有比较好的人缘；很会逢场作戏，与他人看似情深，实则交浅，温暖有余，厚道不足。

遇到这种人，如果你轻信他并把心里话一股脑地全告诉他，甚至把对第三者的褒贬评价和是非好歹也倾囊吐出，那么不久，他就会把你说的这些话张扬出去，并且还添油加醋地附加一些他个人的判断或猜忌，陷你于"四面楚歌""孤家寡人"之中，身边的人会对你顾忌重重，都躲你远远的。有的时候，即使是自己曾经的朋友，看到你与他人关系密切，相处得也非常好，也会出于妒忌心理而心生怨意，背地里说三道四，照样算计你坑你没商量。目的就是想告诉你，他才是最好的那一个或他才是你的"人生知己"。

同事共事往往具有不可选择性，一旦与这种人做了同事，一定要多加小心，除了要谨言慎行及与他保持距离外，最重要的是要加强与其他同事的沟通。假如被挑拨的双方都保持头脑清醒，善于理性地思考，能冷静客观地处理各种人际关系，那么挑拨离间者"坐山观虎斗"的目的就不能达到。如果被挑拨的双方有一方心胸狭窄，或者没有明辨是非的能力，不能准确判断出事情的对与错、真与假，对彼此人品也缺乏一定的了解，一旦受挑拨离间者不厌其烦地用告密、造谣等卑鄙的手段搬弄是非并辗转相告，就会弄得你与其他人的关系越来越紧张，情绪也受到一定的负面影响，以致影响你正常的工作。

事实上，是非者便是是非人，挑拨离间者是地地道道的小人。这种人相当的阴险且妒忌心过强，看见身边的人成功与幸福自己心里就不舒服，就会产生一种不道德的心态，想方设法地破坏别人的成功与幸福。在日常工作中，在精心谋事、潜心干事、诚心处事的同时，也要小心行事。切忌轻信他人，也不要过分展示自己的全部才华和能力，从而把小人的妒忌和伤害招惹过来。

对待小人难于不恶。一旦有小人盯上你，估计很长一段时间你都会被麻烦缠绕。与小人斗，除非你更小人。揭露小人，会招来小人更多的构陷诬害。纵观历史，无论政治事件还是日常生活，都少不了小人兴风作浪，或明或暗的算计、"小报告"等花样百出，有几个忠臣能逃得过奸臣的诬陷？

在一个团队里，如果遇到小人的诬蔑或纠缠时不要与他正面冲突。与小人相处，要把握好距离感，在不涉及你底线的情况下，既不主动，也不形如陌路。这样做，也是为了不使自己陷入无聊的纠缠中，从而把注意力集中在做更有价值、更有意义的事情上。真正有作为的人，绝不会与人争论是非，对自己的所作所为和是非功过也不进行争辩。俗话说，清者自清，浊者自浊，事情终会有水落石出的时候。

第六编　学习能力是一个人的核心竞争力

把学习作为一种生活方式

　　把学习作为一种追求、一种爱好、一种生活方式，有利于陶冶自己的情操，沉淀自己的文化底蕴，构筑自己的思想，丰富自己的灵魂。学习对于个人成长、社会进步、国家发展和民族繁荣都具有重要而深刻的意义。

　　"人学始知道，不学非自然。"千百年来，读书学习一直是人们开启心智，获取知识，明理增智，修养身心的最基本方式。古有寒门学子"凿壁偷光"刻苦学习，今有莘莘学子考大学考研考博不断深造，还有许多爱好读书学习的成功人士分别以不同方式，向我们传授、分享自己的学习经验和学习体会。学习的过程既是由未知到已知的过程，也是由已知到深化的过程。无论从掌握"开车、厨艺"等一技之长，还是从事"医务、金融"等职业，再到进行"航天、电子"等科学研究，一样也离不开学习，一样也离不开与时俱进的学习。不管从事哪行哪业，学习永远是每个人所必备的品质。

　　学习是成长进步的阶梯。学习，归根结底是我们世界观的刷新，世界观是人的总开关、总钥匙，是人的全部精神和行为的总导演、总指挥。它是方向盘，是方法论，是思维方式。对于现代人来说，对世界观及时进行刷新，随时吸取知识、信息中的养分，才能在高速发展的社会中，不落伍、不掉队、不被淘汰出局。善于学习的人，一定是一个会思考、懂情绪、有温度的人。在思考中不断提升自身的修养，也使一个人的人格不断得以完善。

一个人，在社会中求生存求发展，仅仅靠在学校里所学的专业知识是远远不够的，还应该具备较强的心理素质、文化知识素质、能力素质、身体素质和品德素质。在知识经济迅猛发展的今天，你赖以生存的知识、技能时刻都在折旧，学习能力才是一个人的核心竞争力。在风云变化的职场，如果不把学习作为一种工作和生活的习惯，不积极主动学习，及时进行知识更新，优化知识结构，弥补天赋的不足，就会陷入"少知而迷、不知而盲、无知而乱"的困境，就跟不上时代和社会发展的要求，与他人的差距自然而然就会越来越大。如果长时间不学习，思想就会沉闷、僵化，心灵也会蒙上层层灰尘。

"读万卷书，行万里路"，是说人要想成就一番事业必须有较多的学识和丰富的经验，也是要学以致用，使学习的过程转变为提高能力、增长见识、创造价值的过程。要做到学以致用，不仅要学习与职业、兴趣、爱好有关的书本知识，学习借鉴前人积累的知识和经验，避免走弯路，同时还应善于学习生活、社会中的"无字书"，了解现实，认识世界，感悟前人的成败之理。

快乐学习是一种健康的学习理念。自己学、自愿学、自觉学，自娱自乐地学，才能真正体会到学习中的快乐，尽享学习过程的种种乐趣。真正把学习作为一种生活态度、一种工作责任、一种精神追求，坚持在学习中感悟人生、提升境界，在学习中开阔视野、丰富知识，在学习中把握规律、探求真理，使自己变得更加充实、更加睿智。

养成阅读的好习惯是一生的财富

　　阅读既是求学求知的理性选择，又是提升精神生活的自发需求。不同的阅读者会有不同的体验和感悟，但无论是求学求知还是寻求精神生活的丰富，阅读都与我们获取信息、增长知识、开阔视野、滋养心灵、完善人格、培养和提升思维能力等息息相关。

　　书，是人类文化遗产的结晶，是人类智慧的仓库。千百年来，读书一直是人类开启心智，获取知识，增长见识，明了事理，修养身心的最基本方式。宋代真宗皇帝赵恒有诗言："富贵不用买良田，书中自有千钟粟。安居不用架高堂，书中自有黄金屋。出门无车毋须恨，书中有马多如簇。娶妻无媒毋须恨，书中有女颜如玉。男儿欲遂平生志，六经勤向窗前读。"说明了读书的功用、乐趣等诸种好处。但也有人说，他开出的读书的"好处单"市井气重了些，境界与皇帝的身份不太匹配。

　　读史使人明智。当你沉浸于阅读之中时，就仿佛走进了属于自己的心灵世界，自然能够体验那种多闻、博大、精彩而有趣的奇特感觉。平心静气地观察古今中外，观察那些先贤们如何赋予读书神圣而光荣的使命，即使经历大起大落大荣大辱或九死一生仍百折不挠，观察他们在遭遇命运多舛、遭受灭顶打击之时是如何顽强拼搏的，从而使自己从中鉴是非、辨善恶、懂荣辱。通过阅读，观察那些伟大人物，即使学贯东西、享誉中外，且已是德高望重，依然能够时时刻刻把谦逊刻在自己的行为思想中，一辈子卷不离手，从而使自己从中明事理、守谦恭、戒自满。通过阅读，观察那些成功者从平凡到优秀再到卓越，是如何一点一滴储备能量的，等等。

一本好书能够坚定一个人的信仰，能够改变一个人的命运。打开一本本好书，透过一行行文字、一缕缕墨香，及时审视自己的内心，或悟人生道理，或晓世事沧桑，或自觉自省。多读好书，不断汲取好的思想，好的经验，好的品德，久而久之，自己的世界观、人生观、价值观都会有所改变。通过阅读，不断开阔视野和知识面，激励持久而充盈的正能量，在灵魂升华中实现自我约束和自我超越，自己生命的意义也不断地丰富起来。即使心绪困惑或迷茫、身处逆境的时候，读书也能让你打开心扉，启迪思维，汲取力量；让你告别忧伤，重沐阳光，提升自我。

人这一辈子，应该读的书实在是太多了。坚持阅读，不仅要有明确的目标、持之以恒的耐力，而且还要提高读书的质量和效率。也就是说，在爱读书、勤读书的同时，还要读好书、会读书，才能增强阅读的实际效果，精准而极致地了解掌握书中的核心思想，真正感受阅读的好处。正如英国的罗素所说："如果一生能读到一本好书，在阅读中又能感到乐趣，这种乐趣又把我们引到思考中去，在思辨中再得到更大的乐趣，这才是一本好书应有的价值，也是它存在的真正价值。"

时下有那么一部分人，日复一日地忙碌着，过分专注于各种各样的事情——自己的事、家人的事、朋友的事，也承受着巨大的工作压力和生活压力。他们有的热衷于应酬、忙于事务，无暇读书；有的安闲逸乐无所事事，不爱读书。

虽然少读书和不读书，表现为人们在时间和精力上分配的不合理，但除了考试拿文凭外，又有多少人能真正把读书学习当作一种生活态度、当作一种工作责任、当作一种精神追求呢？人，读书与不读书，读书多与读书少，言行举止、精神状态是不一样的。不读书的人，孤陋寡闻，不知不觉就会在刻板疲惫的生活中迷失自我，心灵越来越空虚，人也会变得越来越愚昧。无论处于顺境还是逆境，一辈子就像在暗夜之中行进一样，感受和体验不到真正的幸福、快乐，只能浑浑噩噩地过一生。

阅读是一个日积月累、厚积薄发的过程。积累越深厚，功底才能越厚重。所以，阅读不能满足一知半解，更不能心浮气躁或自满自足。只要每天挤出一小时或更多时间读书，养成坚持不懈的习惯，功夫下到一定程度，就能达到出神入化的境界。

学习能力才是核心竞争力

现代社会，每一个人都期望自己能事业有成，期望能够拥有绚丽多彩的人生。但要想成就一番事业，首先必须要有资本，而学习能力就是一种可以让你终身受益的资本。

在竞争日益激烈的当今社会，一个人的学习能力，可以说就是他的先发竞争力、基础竞争力、核心竞争力，这也是自己能够完全掌控的竞争力。有许多现代人，智商都很高，受过良好的教育，也足够努力，处理事情也有一些经验，按理说似乎应该做出一番事业来，但却事与愿违，时常感到无奈和沮丧。究其原因，就在于他们没能真正掌握学习的能力这一资本。

中国有句耳熟能详的话就是："不能让孩子输在起跑线上。"许多家长，为了使自己的孩子不输在起跑线上，今天学这个，明天学那个，从小学、中学、大学、硕士、博士，不外乎是为了能找一个好工作。许多已经步入社会的人往往认为学习已与自己无缘，工作才是生活的中心。殊不知，在知识总量急剧增加、新知识层出不穷的当今时代，如果不具备学习的能力，就跟不上时代发展的步伐，就不能更好地胜任本职工作，就会落伍或被淘汰出局。即使你拥有一些其他方面的能力，也不是正常的竞争力，也许可能还是负能量的竞争力。

目标是一个人成功的起点，是一个人奋斗的阶梯，而知识则是一个人进步的阶梯。人的所有的知识均来自学习，人的所有能力也均来自学习。按照国际 21 世纪教育委员会发表的《学习——内在的财富》中提出的关于学习的总体任务"学会求知、学会做事、学会共处、学会做人"，这"四个学会"分别把学习的主要内容、学习的直接目的、学习的社会性要求、学习的根本出发点和落脚点进行了概括提炼。由此可见，学习能力是决定人生成功与平庸的最重要因素。

成功就像是练武功，靠的是扎实的基本功。一个人学习能力的提高，同样也要靠踏踏实实不间断地学习与积累，积跬步以至千里，积小流而成江海。勤奋是通往成功的必经之路。那些试图绕过勤奋，靠投机取巧获取长久成功的人，最终必将导致失败。

在当今这个充满浮躁气息的社会里，要想成就一番远大的事业，做到真正意义上的成功，唯有虚心与宁静，才能有专心、有深思、有精研，才能有收获。做人，保持一颗谦虚的心，排除主观偏见和杂念侵扰，虚怀若谷，才能容纳更多的知识，容纳更多的技能，容纳更多的进步。守住一颗宁静的心，才能摒弃世俗功利的诱惑，这是保持学习定力的一种心境，是一种便于深度思考的最高境界。

"玉不琢，不成器。人不学，不知道。"这 12 个字道出了学习的功效性和前提性。"问渠哪得清如许，为有源头活水来。"只有不断地学习、不断地思考，不断完善人格，才能跟得上时代发展的进步，才能不断地进步。

好习惯是人生成功的重要因素

习惯也称为惯性，是人习以为常的行为。习惯有大有小，有好有坏，它决定人们的思维方式和行为方式，它经年累月地影响着人的工作效率、身体健康、生活质量和幸福指数等等。养成好习惯可以助人成长，而坏习惯可以毁人一生。

人是靠习惯生活的。每天有数百种习惯在影响着人们的工作和生活，比如，早起习惯、饮食习惯、穿衣习惯、工作习惯、睡眠习惯、爱拖延的习惯、吝啬的习惯……有些习惯简单，有些习惯复杂。习惯一旦形成，就极具稳定性，它会影响人的潜意识，对人的行为在潜移默化中起着一定的作用。有研究表明：一项看似简单的行动，重复21天以上就会形成习惯；重复90天就会形成稳定的习惯。同一个动作，重复21天就会变成习惯性的动作；同一个想法，重复21天，就会变成习惯性想法。

亚里士多德在《尼各马可伦理学》中写道："有些思想家认为人性本善，有的认为是习惯使然，其他人则认为是后天教导所致。"亚里士多德认为，习惯至上。他说不假思索就发生的行为是最真实的自我表现，所以，一个人要想对事物的好坏有正确的认识，就必须要养成好的习惯。

注重培养好习惯是人生成功的一个重要因素。人的思维方式和行为方式绝大部分是习惯造成的，比如，一个人长期养成的阅读习惯、思考的习惯、健康的生活习惯、积极的工作习惯等等，所谓"习惯养得好，终身受其益"，"少小若无性，习惯成自然"。比如书籍是人类进步的阶梯，这是谁都知道的道理。唯有养成良好的读书习惯，才能把学习作为一种生活方式，变成一种高度的意识自觉和行动自觉，不断提高自己的知识和文化素养。

没有谁一开始就拥有超高的天赋和超常的才能，也没有人可以随随便便获得成功，成功的秘诀在于工作和生活的点点滴滴，在于平时养成好的习惯。英国原首相撒切尔夫人曾说过："注意你的想法，因为它能决定你的言辞和行动；注意你的言辞和行动，因为它能主导你的行为；注意你的行为，因为它能变成你的习惯；注意你的习惯，因为它能塑造你的性格；注意你的性格，因为它能决定你的命运。"这也许就是人们常说的"性格决定命运"的由来。其实决定一个人命运的不仅仅是性格，还应该包括他的习惯及其背后的思维方式和行为方式等，习惯才是命运的基石。

卓越者与平庸者之间的不同，并不在于拥有知识和才华的多少，也不在于懂得多少大的道理，而是拥有更多好的习惯，并善于用良好的习惯来提高自己的工作效率和自己的生活品质。比如，卓越者的工作习惯是积极主动、善于思考、敢于负责；而平庸者平时总是习惯于被动地对待工作、敷衍了事、推诿扯皮，工作习惯的不同，造就的人生也不同。再比如，接人待物习惯，《易经》中说"穷则变，变则通，通则久"，做人做事要通达，这个道理谁都懂，但一些成功人士却能真正将通达的道理融入自己的生活，并变成一种习惯；而平庸者虽然懂得这个听在耳里的道理，却未变成自己循环重复的行动，并形成好习惯。

习惯与自我暗示之间存在非常密切的联系，如果注重把好的东西记在心里，并用行动表现出来，才能把好的东西转变成自己的好习惯。当你拥有了一个又一个的好习惯，就等于有了自己成功人生的首要条件。

学而不思则罔，思而不学则殆

孔子曾说："学而不思则罔，思而不学则殆。"意思是说学习与思考、勤学与善思是相互联系和相辅相成的，不可把二者割裂开来。只读书不思考，就会茫然不解，或被书本知识牵着鼻子走；只思考不学习，一味地空想而没有一定的书本知识积累，就会懈怠而无所收获，所谓"尽信书不如无书"。

宋代学者朱熹的《观书有感》中有一首诗："半亩方塘一鉴开，天光云影共徘徊。问渠哪得清如许，为有源头活水来。"在这首借景喻理的名诗中，诗人借助池塘水清是因为有活水不断注入的现象，形象地表达了一种微妙的读书感受。暗喻人要不断地更新知识、更新观念，才能保持思想的活跃与先进，才能达到新境界。这个道理与孔子的话内涵一致，都强调了学习与思考的重要性。

学习的作用是占有资料，思考的作用是分析消化资料。

只学习而不积极主动地思考，是不过脑子的学习，只不过是在重复别人的思想活动过程或杂乱无章的堆积知识而已，即使学的再多也不可能将书本知识真正"体贴"到自己的身心上，甚至可能还会导致迷茫错谬。爱好读书学习却不动脑筋思考就犹如喝白开水一样，虽然也能喝个"肚儿圆"，但却不能给自己提供任何营养。因此，读书越多，或整天沉浸在读书之中，虽然可以借以修养精神，但对于学习来说却只是白费功夫，还可能造成思考能力和判断能力的逐渐衰退，人也有可能会变得越来越愚蠢，越来越迷茫。

孟语嫣在《钱钟书传》中说："钱钟书看每本书，都会做上十分详细的注解，写下自己的思考，甚至一本书看下来，上面密密麻麻的都是他的手笔。他读书，读的早已不是趣味，他沉浸在文字的世界里，仿佛每一次阅读，都是一次与作者的亲密交谈，他们言笑晏晏；宾主尽欢；他们各抒己见，争论不休；他们相视一笑，千言万语，一切尽在不言中。这样的阅读，才是真正升华到灵魂高度的阅读，将自己的整个身心，都带入其中。走出来时，那些精髓，才会与本我的思想相碰撞融合，最终淬炼成完全属于自己的智慧。"由此可见，学习重在思考，没有务实而深入的思考，学习的成果就转化不了。自古到今，有知识的傻瓜可是屡见不鲜。

在学习的基础上养成独立思考的习惯，每读一本好书的过程，即是自己内心的自问自答，自言自语，自觉自省，又好像在与一位智者交流、探讨、学习，与作者进行心灵的对话。促进自己逐渐进行深入的思考，对提高自己的审美能力和思维能力很有好处。

无论思考多么重要，学习还是第一位的，没有学习这个前提，思考就没有了资料来源，犹如无源之水。只思考不学习，思想就容易僵化、沉闷，心灵也会蒙上层层尘埃，所思所想很可能就是胡思乱想，所言所行也容易受"本本主义"的影响，跳不出固有的旧知识、旧理念和老经验的局限。

不及时学习掌握新知识、新理念、新技能，在工作和生活中，就很容易按惯常的思维方式，把自己淹没在日常事务中，理不出新思路，发现不了新问题，提不出解决问题的好办法。有时可能还会异想天开，甚至妄想，拍脑袋决策，给自己或社会造成损失。

现在一些人学习上的浮躁，比较突出的表现在于：有些人不愿意学习，不思进取，得过且过；有些人不勤奋学习，忙于事务，能偷懒就偷懒，或者半途而废；有些人不真正学习，学点雕虫小技以装点门面，忽悠别人抬高自己；有些人不深入学习，心浮气躁，急于求成，学习表面化、不求甚解，最终导致事倍功半；有些人不善于学习，学用脱节，针对性不强，学的东西基本用不上。

学思并重，思学一体，既是学习方法，也是重要的认识论。在自己认识结构的建立上，要学会在学习的基础上进行独立的思考，并举一反三。只有这样，才能融会贯通，最终形成完全属于自己的智慧。

学无常师，多方请教

对于许多人来说，向书本学习、向领导学习、向朋友学习，已经成为不少人的良好习惯。然而向身处低位、无权无钱无名，但具有智慧且善于总结经验的人学习，并不是人人都能做到的。如今，资源共享、智慧共享已经成为现实和社会发展的趋势，只要顺应这样的潮流，在虚心学习书本知识和名师经验的同时，也虚心向未能立业扬名的人多方请教，才能"集众美于一炉"，不断形成自己的优势。

孔子曰："三人行，必有我师焉。择其善而从之，其不善者而改之。"这句话几乎家喻户晓。意思是说，几个人走在一起，其中必定有人可以做我的老师。我选择他的优点而学习，看到他们的缺点就作为借鉴，对照自己，加以改正。表现了孔子自觉修养、虚心好学的精神。

"尺有所短，寸有所长。"每个人都有自身的优势和不足，要虚心学习别人的长处，见贤思齐，择其善而从之。看到别人身上的不足，对照比较，反省自己，改正自己的缺点，才能不断完善自我，使自己学有所成。谦虚使人进步，骄傲使人落后。因为谦虚，所以能学到很多东西。但虚心向别人学习时，也要懂得甄别他人身上的优缺点，懂得善采人之长，懂得有选择性地学习。否则，一不留神可能会把自己弄成了邯郸学步。

胡适说："若真要评判一个人的成绩，那么就应该看他们今天比昨天长进了多少，从前的缺点补正了没有，从前未发展的能力和兴趣现在发展了没有。总而言之，现在比从前是否进步。这才是评判人有没有成绩的真问题。"生活中的有些人，常犯一个毛病，就是专注于自身的优点和别人的缺点，而对自身存在的不足和差距总是想办法遮掩，也忌讳别人当面指正，这样的人总给人一种虚伪、不真实的感觉。每个人都有力求完美的愿望，坦然面对自身的缺点并努力改正，是一个人战胜自我、挑战自我、超越自我的过程，只有这样才能不断完善自我。

由于时间和精力有限，人类几千年积累下来的知识，岂止是短短几十年能学得完的？人们总会有不懂的问题。何况当今社会的知识寿命大为缩短，个人用几十年学习的知识，也会很快过时，如果不及时"加油""充电"，储备的知识会随着时间和使用而逐渐消失。如今，大部分职场中的中青年人，都在努力"充电学习"，朝着成功的路上前行。当我们有了归零的心态，自然就会借鉴别人的经验，多听别人的想法和见解。一个人，即使再有远见，也难敌众人各方看法和见解，能够取人之长，补己之短，才能德有所进，业有所成。

有些人，或多或少都存有虚荣之心，自恃读了一些书，就自以为是，认为自己很有本事，如何有才能，认为自己的话都可以成为权威和经典。遇到这种人，学习其优点，借鉴其缺点时，也要识善、择善并身体力行，不能盲目崇拜。比如，华而不实之人，这种人能说会道，容易迷惑一些辨识力差，知识不丰富的人；貌似博学的人，这种人多少有点才华，处处爱表现自己，时时想显示自己的优越性，仿佛自己高人一等，但博而不精，有欺人耳目之嫌；滥竽充数之人，他们总是在别人的后面发言，并几乎重复前面人所讲过的观点和意见，有时整合得也比较巧妙，让人察不出其滥竽充数的本质，反而当作精辟见解；鹦鹉学舌之人，自己没有什么独到的见解，但善于吸收别人的精华，转过身来就对其他人宣扬，不知情的人还会把他当高人看；固执己见之人，这种人"理不直但气很壮"，无论别人发表什么观点，他都要在一旁指指点点，对这样的人要敬而远之，更不要与其争论。

有教养的人，在与人交往或共事的时候，从不强调自己的职位，表现自己的优越感，也不会当众指责别人的缺点，更不会阴阳怪气、冷嘲热讽。对别人的兴趣、爱好和习惯也不会表现出否定的态度。他们居功而不炫耀，自重而不自傲，谦虚而不虚伪，认真而不迂腐。没有教养的人，即使有一些才华和才能，除了容易招人反感，还会让人觉得其内在的肤浅。

无论工作中还是生活中，只有以实事求是的学习态度，才能学到更多知识。

运用知识才有力量

英国文学家费朗西斯·培根提出"知识就是力量"以后，千百年来，这句话都被许多读书人奉为至理名言，成为许多人下苦功夫、实功夫读书的动力源泉，认为有了知识就可以躺在学位上、知识簿上吃老本了。然而，实践中有很多人，在学习掌握了不少知识后，却发现自己还不如那些没有读过几年书的人有知识、有经验、有力量。比如，香港首富李嘉诚初中都没有毕业，台湾首富王永庆只有小学文化程度，日本的"经营之神"松下幸之助只读过三年书就辍学了，但他们在经营管理方面的理论和实践经验，足以给大学教授们去讲课。

如今，对能力界限的新要求，迫使人们重新审视自己所学的知识，但不管时代如何发展，你都应该永远地保持清醒的头脑，正确理解知识与能力的关系。知识固然重要，但思考却可以使人进步，做一个有思考能力的人能使你辨是非、明事理，遇事会仔细分析，有哪些优势，有哪些弊端，从而扬长避短，准确判断与决策，减少损失。不善于思考，遇事就会只凭自己的感觉做事，或者一味地蛮干，这样不但不利于问题的解决，而且还浪费了自己的时间和精力。

学习知识是人生的首要任务，现在又赶上知识多多益善的时代。但是有了知识，并不等于有了与之同等的能力、同等的素质与修养，还要把储存在头脑仓库里的知识，转变为善于运用知识解决实际问题的能力。学了知识不会使用等于白学，如同耕地不播种，永远也长不出粮食一样。毛泽东就是一个掌握知识又善于运用知识的人，他说："读书是学习，使用也是学习，而且是更重要的学习。"比如，《实践论》和《矛盾论》是毛泽东最重要的哲学著作，是中国共产党人学习马克思哲学的主要经典，其主旨是为了彻底清算党内的主观主义特别是教条主义，在全党确立实事求是的思想路线，提高广大党员干部坚持实事求是的思想自觉和行动自觉。习近平总书记指出："实事求是，是马克思主义的根本观点，是中国共产党人认识世界、改造世界的根本要求，是我们党的基本思想方法、工作方法、领导方法。"（《光明日报》2018年9月28日）当前，认真研读《实践论》和《矛盾论》，对于广大党员干部"始终按实事求是要求办事"，不断提高实事求是的能力，切实解决"实事求是，说起来容易做起来难"的问题，无疑具有重大方法论意义。

读万卷书，行万里路，是说人要有较多的知识和丰富的阅历，把学到的知识与自己的思想实际、工作实际、生活实际联系起来，学以致用。使学习知识的过程不断转化为提升能力、提升素养、创造价值的过程，学与用相互促进，相互渗透，才能发挥出更大的潜力和作用。

知识本身没有力量，关键在于掌握知识的人是否能够善于运用知识。同样的知识，不同的人运用会产生不同的效果，这就是运用知识的能力和运用知识的程度不同了。善于运用知识的人，在学习的过程中能够结合实际，勤于思考、善于思考，发现其中的道理，得出正确的结论，并转化为自己解决问题的能力，变为推动自己向更好方向发展的力量。而掌握知识但不善于运用知识的人，只会死读书，局限于对现成书本的注释，发挥不了任何实际的作用。

其中，有的人只是满足于小小书斋中的安逸宁静；有的人只是为了装点门面，忽悠别人抬高自己或在别人面前显摆；有的人做起具体事来不接地气、洋相百出；有的人搬起石头砸了自己的脚，掌握这种死知识有害无益。

读书要有选择

书籍是人类的精神食粮。当今，是大众阅读时代，又是大众写作时代，书籍这种精神食粮随处可见。一本好书犹如一个好老师，汲取其丰富的知识和精神营养，就等于为心灵积累了财富。而一本低劣的、无用的书，却可能会耽误人、误导人、蛊惑人，甚至害人。所以，在茫茫书海中，要有选择性地多读一些对自己有益的上乘之作、经典之作和经久不衰的大师之作，同时，还要有意识地规避一些坏书和无用的书，这样既可以节省自己的时间和精力，又免得在不知不觉中被一些"精神垃圾"污染了思想。

"书中自有黄金屋，书中自有颜如玉"。中国"典藏"之作汗牛充栋，多闻、博大、精彩而有趣，不可胜数；市场上、手机上可供阅读的好书也越来越多了。好书如良师益友，每当在阅读思考、思索、沉思中，与这些良师益友倾心对语，走进属于自己的心灵世界，再用它们的好思想、好品德，滋养自己的心灵，丰富自己的知识，增长自己的智慧与自信的同时，也陶冶着自己的情操，升华自己灵魂的高度，成就更加美好的自我。

哲学家叔本华曾说："对善于读书的人而言，绝不滥读是极为重要的事情。""如果一个人要想读几本好的书，你就必须下决心避开那些无用的书籍：因为生命是短暂的，人的时间和精力是有限的。"现代市场上，有无数滥竽充数的坏书，它们像掺杂在庄稼地里的蒿子草一样蓬勃地生长着。那些歪曲事实真相，错误地、虚假地反映社会和人生的书籍，最容易误导一些独立思考能力和鉴别能力不强的读书人。其中，不少人没有准确地判断出事情的对与错、真与假，就在手机、电脑等网络媒体上以虚拟身份尽情地发泄着自己的不满情绪，随心所欲地发表一些不负责任的言论。

对那种教人如何玩弄权术、如何升官发财、如何建立人脉关系之类的通俗作品，要谨慎地看。这类书所表达的世界观、价值观、人生观都比较混乱。那些码字高手们以赚取稿费为目的，瞎编乱造出来的充斥着黄色暴力类的书刊，就像盛开的罂粟花一样，充满着诱惑，最能毒害人，让人学坏，一旦接触到这类书籍，要果断地规避。

读书必须要有所选择，要多读好书。从需求看，好书可以分为两大类来选择。一类是必读书。如学生所学的专业类书籍，这是必须要学懂弄通的，否则，就可能影响到自己学业的顺利完成。再有就是与自己的工作或事业相关的书籍，要精心研读并读懂弄通悟透，尤其要注重思考和研究，这类书能自己把职业技能练到最好，使自己尽快成为行家里手，这是在职场中得心应手的保证。否则，就不能具备与职业要求相对应的能力和水平，就不能更好地胜任本职工作。另一类是应读的书，人这一辈子，应该读的书实在是太多了，比如文学、历史等方面的经典名著，都是应该读的。

活到老，学到老，进步到老

宋代学者朱熹曾说："无一事而不学，无一时而不学，无一处而不学，成功之路也。"成功无止境，学习无绝期。学习是一辈子的事，成功的人生，应始终保持一种不间断学习的学习精神和行为。尤其是在当今这个知识信息瞬息万变的时代，更应该不断地汲取知识的营养，丰富自己，充实自己。要活到老、学到老，才能更加具备生存的资本。

要会学习。学习固然重要，但懂得如何学习却更为重要。平日里，工作、生活可能会占用我们大量的时间和精力，懂得了如何学习，才能把有限的时间和精力用到应该用的地方，学到对自己有用的知识，而不至于成为一个有知识的傻瓜。不同的人应该有不同的学习方法，从自身实际情况出发，要选择适合自己的学习方法，无论从向书本学习、向老师学习、向成功者学习、向竞争者学习、向经验学习等等，只要能学到知识而且有用，学习的效果就能事半功倍。"授之以鱼莫若授之以渔"，说的也是这个道理。学习的目的在于自立，在于通过学习、思考、实践，不断提高自己内在的素质和能力。社会在发展，时代在进步，工作中总会不断面对新情况新问题新要求，在这个情况下，掌握获取知识的方法要远比掌握知识本身更加重要。

学习要有目标。目标能给人以动力，目标能给人指明方向。

朝着既定的目标努力，才能更好地完成和实现目标。学习也是如此，人的精力是有限的，要想在自己热爱并擅长的领域做出成就，首先要专心致志、心无旁骛地学习钻研本领域的专业知识，尽可能地多学习、多思考、多实践，尽职尽责把业务工作做精做细做实，并争取做出成绩。

要合理分配学习时间。时间最是无私的，每天给每个人的都是 24 小时；时间也是最大的革新家，来不及细品生活中的点点滴滴就转瞬即逝。明智而节俭的人不会浪费时间，也不会花费大量的时间去做一些与自己的理想不相干的事儿。他们会把点点滴滴的时间看作是浪费不起的珍贵财富，争分夺秒、惜时如金，让自己的每一分钟都过得有意义、有价值。所以，一个会有效管理时间的人，办事从不拖延，把所办的事情分清轻重缓急，在有限的时间内尽可能提高自己的工作效率。他们永远都不会觉得时间不够用，也总能找到学习的时间，比如早晨起床时，可以听新闻，上班的路上可以听听小说、古诗词鉴赏等等，让自己的耳朵发挥作用，也可以学到很多东西；养成爱读书、勤读书、读好书、善读书的好习惯，平日里，每天晚上抽出一定的时间阅读学习，出差的时候在飞机或高铁上也可以阅读。其实，成功与失败，往往就只差这么一点点时间的积累，只要你能够坚持下去，时间足可以证明，你一定会变得越来越好的。

"问渠那得清如许，为有源头活水来。"只有不断地学习，不断地思考，不断地完善人格，才能跟得上时代发展的进步，才能不断地进步。活到老、学到老，也能进步到老，更能幸福到老。

学习是最便宜的投资

在现今时代背景下，学习是为了随着环境的改变而及时改变自己，将自己不断提升到一个又一个新的高度。知识能够改变命运，它决定一个人的气质、趣味、格局、能力、价值观……这些都是影响一个人工作和生活质量的因素，都是知识熏陶的结果，而不是金钱能够换来的。

学习能够改变命运，学习过程的转化能够帮助人们提高能力、增长见识、创造价值，是最便宜的投资。有些时候，我们只需要几个小时、几天或几年的时间，就能学到别人几乎毕生积累的知识及其一些学以致用的经验，并从中加以借鉴，使自己避免走岔道、走弯路。拥有了知识就等于拥有了追求成功的第一要素。即使有一天你一无所有，只要有知识、有技能，你的财富可能很快就会回到自己的身边。如果没有知识，不具备一定的技能，那才叫真正的一无所有了。

有了一定的知识并不等于就有了与之相对应的能力，学习的知识一定要学以致用。学习结合务实而深入的思考，将学习成果转化成自己的智慧，并让其产生价值。善于利用所学的知识处理各种事情，使知识与能力能够相得益彰，相互促进，发挥出巨大的潜力和作用，同时自己运用知识和活化知识的能力也不断提高。正如陆放翁所说："纸上得来终觉浅，觉（绝）知此事要躬行。"如果光有书本知识，没有自身实践，理论难免肤浅；或者学了很多知识却不知道如何运用，那就如同光耕地不种庄稼，即便拥有再多的知识也只是死知识。

知识在于积累。俗话说："不积跬步，无以至千里；不积细流，无以汇成江河。"没有勤奋点滴的日积月累，就不可能有知识的丰富；没有20多年的寒窗苦读，就不能为日后的成功奠定坚实的基础；没有运用知识和活化知识的能力，就不能拥有事业成功所不可缺少的丰富阅历。在这个日新月异、瞬息万变、竞争日益激烈的社会，唯有不断提升自己的学习能力，不间断地学习，不间断地充电，才能跟上时代发展的潮流，才能把握时代的脉搏，才能有机会实现自己的人生价值。

人生是一个自我磨炼、自我完善的过程。一般情况下，在几十年的时间里，孩提时不懂世事，老年时基本干不了事，只有青壮年的宝贵时期，如果不好好把握，等到计尽谋穷的时候再想到去学习，已是亡羊补牢，为时晚矣！因此，一定要意识到新知识对自身发展的价值，如果抱残守缺，满足于已有的知识储备，只凭以前的老经验、老办法处理当下的新事务，不及时更新知识，必然难以在工作和事业中取得突破性进展，难以向更高更好的方向发展。如果不思进取、敷衍了事，并且自以为是，宁可把时间消磨在应酬或电视机前、玩手机游戏上，脱离学习或放弃与外界的沟通，即使面对财富，也只能干看着却不知如何才能拿到手里。

能够把学习当成自己生活方式的人，一定是有所作为的人。学习是积累财富的过程，也是创造财富的过程。

第七编　有什么样的思维，就有什么样的人生

比勤奋更重要的是深度思考的能力

　　人生是由形形色色的问题构成的，每一个问题的本质，往往通过表面现象表现出来；每一个问题的原因，往往有多个方面；每一个问题的解决，往往隐藏着很深的答案。如果只凭表面现象就做出判断，只总结浅层次的原因，只满足于表面的答案，就有可能把握不准是非，得不出正确的判断，也不利于问题的解决。只有深度思考、多层次、多角度看待问题，才能真发现问题，发现真问题，解决实质性问题。

　　人的一生都在思考，感到困惑的时候，需要积极地思考；遇到棘手问题的时候，需要果断地思考；在人生转折的关键时刻，需要认真地思考；取得成功的时候，需要理性地思考；失败的时候，需要冷静地思考；众议不一致的时候，需要全面地思考。总之，思考将伴随人的一生。但深度思考很重要，在如今这个高速发展的时代，学会并掌握了深度思考的能力，就等于有了核心竞争力，就能够在竞争中脱颖而出。缺失这个能力，只知一味地使蛮劲，只凭自己的感觉、记忆、印象、价值来干事，则无法真正解决实际问题，

个人是很难取得新的进步的。

巴尔扎克曾说："一个能思考的人，才是一个力量无边的人。"当今社会，勤奋努力、埋头苦干的人比较多，有深度思考能力的人比较少。要想适应新时代发展要求，仅有勤奋还是远远不够的，还应具备拓展思路和视野的深度思考能力，才能跟得上日新月异的发展步伐。

有时深度思考比勤奋更重要。盲目的勤奋努力，只考虑行动不考虑实际效果，而经过慎重思考后的有计划、有目的的勤奋努力，才能让行动变得更加有效。思考使人进步，做一个会思考的人，对问题的前因后果用心琢磨，每做一件事情都把事情分析透彻，深思熟虑，化难为易，有利于真正解决问题。平日里，唯有把"每一件寻常的事做到不寻常才好"。一个不求细节的人，很难想象他能优秀到哪里去。从执行力的角度看，一个人做事没有责任心，不愿多动脑筋深入思考，也很难取得优异的成绩。读书也是如此，不深度思考，就无法消化变成自己的东西，本质上跟没看是一样的。

深度思考有利于提升自己的战略思维能力。人这一生最大的悲哀，莫过于把自己一辈子的聪明才智都耗费在了肢体的勤奋上，耗费在了蛮干上。这种"战略思维懒汉"行为，无法以更宽广的视野、更长远的眼光，对自己所从事的事业未来发展可能面临的问题进行深入思考。在职场上，一旦你习惯了"低成本，高回报"的刺激，你就很难去做那些本领能力要求高的"高投入"的事情，因此终会成为一个"低效勤奋者"——每天看起来也忙忙碌碌的，到头来却取得不了多少高质量的工作业绩。

深度的思考能够提升自己的思维能力。思维能力是一个人的综合能力，包括理解力、分析力、比较力、概括力、推理力、论证力、判断力等，也是一个人最强的武器。

马克·吐温曾说："每当你发现自己和大多数人站在一边，你就该停下来反思一下。'当真理还正在穿鞋的时候，谎言就能走遍半个世界'。"在今天这样一个信息化时代，我们听到的言辞、消息、故事、道理太多太多了。对众人的意见、社会的传言，经过了深度思考，就能分清真伪，把握准是非，就能得出正确的判断和结论；反之，凡事不经过大脑深入思考，就很容易被他人牵着鼻子走，或迷失自我。毕竟有什么样的思想就有什么样的行动，从一个人对一件事情的判断和定论，就足以看出他的认知和三观，特别是对一些道听途说的事情未经审视和检验就随意评论，四处传播，这种人与木头人不会有太大区别。

牛顿说："我的成功就当归功于精心的思索。"事实上，世界上所有的发明都是深思熟虑、严格实验的结果。养成良好的思考习惯，练就深度思考的能力，你将拥有成功的人生。

沉默是一种处世哲学

　　散文家朱自清曾说："沉默是一种处世哲学，用得好时，又是一种艺术。""沉默是金"是我们耳熟能详的一句话，这句话很朴素，却蕴含着极其耐人寻味的真理。

　　"我们花了两年学会说话，却要花上六十年来学会闭嘴。"这是著名作家海明威曾说的一句名言。是的，学会沉默并不是一件简单容易的事情，每个人的内心都有一种想要表达自己的愿望，都很希望别人能够听自己述说，而适时闭嘴却需要理性和意志力的控制。

　　世上可能就属说话是最省时省力的事了，嘴巴一张一合发声便是。有人说，言语是一种卑贱的东西，因为它具有成瘾性和惯性。是的，一个说话极其随便的人，一定是一个没有责任心的人。比如，有的人，爱夸夸其谈、多嘴多舌、背后对别人指指点点、说三道四、爱打听并传播小道消息、传播花边新闻等等，不说就好像犯烟瘾赌瘾一样的难受。

　　沉默是一种无声的语言，他的表达效果远胜于不合时宜的有声语言。沉默有助于倾听，有助于掌握谈话的主动权，有助于赢得别人的信任，有时还能胜过口若悬河的辩解！保持沉默也是等待一些蓬间雀对是非议论沉淀的过程。与人沟通中，适时地关闭"嘴巴"这扇门，多扮演听众的角色，不仅可以拉近你与对方的距离，而且还可以保证沟通的质量。人际交往中，话多不如话少，多言不如多知，即使千言万语，也不及一个事实给人留下的印象那么深刻。被人误解、责难，甚至诋毁时，保持沉默就是最有力的辩解，沉默让清者自清、浊者自浊。

沉默并不是缄默不语，而是给自己和对方预留思考的时间和空间。少言是思想者的道德，唯有少言才能多思。在如今这个资讯瞬息万变的时代，我们耳朵听到的言辞、消息、道理、故事真是太多了，有时适当地保持沉默，有意隐藏智慧，隐藏实力，隐藏自己内心的真实想法，不热衷，不逢迎，以一种沉默的姿态让自己"游心于淡，合气于漠"。沉默的人，一定是一个有深度思考能力的人，他能分清世间的真伪，只是把听到的、看到的，都落在了心底而已。

言多语失，多言数穷。说大话、假话、没用的话过多，会因为浪费自己和他人太多的时间与精力，而降低自己在别人内心中的分量。有时，说话不谨慎，还容易得罪人，甚至给自己带来祸害。所以，在人际交往中，要善于控制自己的言语，不该说的话坚决不说，该说的话不多说，必须说的话也要说到点子上。

言语是一个人行为的影子，品德高尚、博学多才的人不必自我夸耀，自然会受到别人的尊重和敬仰，其本身的言行更会给别人带来积极的影响。相反，如果一个人自身没有什么修为却随意显摆，即便他再怎么用心地说教别人，也不会起到什么好的效果。

沉默是一种为人处世的艺术，善于沉默的人，能以无声的语言给人一种内在的力量，让人感到一种温暖，感到一种被尊重。

换个角度，一切都会豁然开朗

　　每个人的一生都不可能一帆风顺，不如意之事十有八九，或生活遇到磨难，或事业遇到挫折，或感情遇到失意，不论你抱着"白鸟枝头唱春山"，还是"风过芭蕉雨滴残"的心态过日子，都不会影响每一个明天太阳的照常升起。换个思路，换个角度，就能最大化地开发自己的潜能，找到新的方向和意义，也许还会发现一片新天地。

　　卡耐基说："心中充满快乐的思想，我们就快乐；想着悲惨的事，我们就会悲伤；心中充满恐惧的念头，我们必会害怕；怀着病态的思想，我们真的可能会生病；想着失败，则一定不可能会成功；老是自怜的人，别人只会避开他。"通常情况下，人们的思考往往容易向消极的、不好的方面发展，所以，当遇到挫折或失败，感到失意或茫然的时候，能够影响到自己心情的往往不是事情本身，而是自己对事情的看法和态度。只要换一个角度去想，就会发现，也许事情并不像你想象的那么糟糕。工作和生活中，无论消极思想的影响是你自己造成的，还是身边消极人物所导致的，你都要有足够的定力，使自己不受到消极情绪影响。即使一些无法改变的事情，也要保持积极乐观的心态，这样至少不会让你整天沉浸于痛苦、烦恼之中而无法自拔。

　　塞翁失马，焉知非福。失去了白天温暖的阳光，那就去欣赏夜空满天的繁星；错过了姹紫嫣红的春天，可以收获硕果累累的金秋；失去了美好的青春年华，却能使你走进成熟的人生；失去那个曾经让你放下所有骄傲去迁就的人，自会有另一个爱你如命的人去护你一生安好。不管身处顺境还是逆境，都要始终保持积极乐观的心态，不因暂时的厄运而沮丧，不因一时的失败而自弃，不因别人的责难而为难自己。

有时，人与人之间可能会因为沟通与表达方式不和谐而出现一些误会，引发争执。一般情况下，人们出于对自尊存有的不容侵犯的保护意识，会习惯地凭自己的经验来观察分析问题，凭自己的眼光和理解来衡量看待别人。如果能够相互理解、相互信任，并且站在他人的角度来思考问题，就能感同身受地明白对方的处境和感受，就会有意想不到的沟通效果，也可以避免产生误会、发生争执。

如今，每一天都处于繁忙的工作中，当你被繁重的工作压得几乎喘不过气来，感到身心俱疲的时候，不妨也换个角度想一想，比如，忙碌的工作，可以锻炼和提升自己的能力，充实自己的生活，丰富自己的情趣，体现自己的人生价值。如果你热爱自己的工作，你就是它的主人；如果你厌倦它，它就会变成你的主人。对待生活、亲情、友情、爱情也是这样，选择如何对待它们，就选择了如何对待自己的人生和自己的幸福。

生命要靠自己维系，快乐要靠自己掌握，幸福要靠自己争取，关键取决于你持什么样的心态。生活是自己的，没有人能够替你承受，每当面对别人的冷遇，遭遇心理上的低谷，经历人生的低潮，感到心力交瘁的时候，不要紧盯着这些事不放，换一个角度去思考，也许就会豁然开朗。假如有人伤害了你，你应该感谢他磨炼了你的心志；假如有人绊倒了你，你应该感谢他强化了你的腿力；假如有人欺骗了你，你应该感谢他增进了你的智慧……

相信世间所有的失去，都是另外的一种拥有。

积极的思维，可以使你变得更为进取和乐观

有人说："思维是大脑的基本功能，它作为产生思想的平台、模式和机制，大体可以分为好思维、坏思维和不好不坏的中性思维三个大类别。好思维能出好思想，会变成好行动；坏思维能出坏思想，可能变成坏行动；中性思维或许不好不坏，或许可好可坏，就看用在什么事情上了。"

每一种类型的思维都对应着不同的人生结果。积极的思维，给人一种积极思考的力量，在此基础上，凭着创造力、进取精神能够支撑和构筑一个人所有的成就；而消极思维者，无论做什么事情永远都有消极的解释，并总能为自己找到消极和抱怨的借口，最终得到的也是消极的结果，自己也不会快乐。

积极的思维，对于个人的人生发展起着不可估量的作用，它能影响一个人的各个方面，包括思想、心态、情感、行为、执行力、决策力等。如果你在日常的工作和生活中，养成积极的思维习惯，剖析和摒弃消极的思维习惯，注重培养和提升自己积极思维的能力，始终用最积极的思考、最乐观的精神和最辉煌的经验支配、控制自己的人生，你就具有了成功的基础。纵观古今中外，许多成功人士，都有一种积极的思考力量。他们都有很强的自信心，乐于接受挑战，凭着自己的创造力、进取精神和鼓励人心的力量支撑和

构筑着自己的成功。他们很少抱怨、发牢骚，也很少找出各种借口和理由为自己推脱责任，让自己扮演任何一个受害者的角色，而是能够正确看待自己的人生、正视人生路上遇到的各种困难和挑战，踏踏实实、有条不紊地专注于自己的谋划、决策，慎思慎行，最终走向成功。

消极思维就像一个毒芽，深植人的心灵，如果不认真地为自己的心灵设防，就很容易受到侵害。在学习、工作和生活中，一个受狭隘、猜忌、心浮气躁、忧虑等种种坏思维的引导和支配的人，最容易在认识上对自己做出负面的评价，容易感到生活没有意义，对自己的未来持悲观态度。忧虑、猜忌过重的人常伴有自卑感，他们心理承受能力很低，承受挫折的耐力也很差，处理矛盾和解决问题一般也很难以理智。如果不及时以积极思维"解毒"的话，可能就会到处碰壁。即使你很努力、很勤奋，事业上也难以取得大的成就，也可能会失去人生最宝贵的东西。

拿破仑·希尔说："获取积极思维的过程就是一个'打地基'的过程，虽然艰难，却很重要。"爱迪生也说："不下决心培养思考习惯的人，便失去了生活中最大的乐趣。""磨刀不误砍柴工"，埋头苦干是很好的做事态度，但有时对问题积极的思考比苦干更重要。做任何事情之前，要想取得永恒的成功，一定要静下心来，用一定的时间先思考，做好充分准备。准备工作做得扎扎实实，一步一个脚印走下去，才会取得事半功倍的效果。如果事先不打好基础，心浮气躁，急于求成，手脚比脑袋快，想到什么做什么，不考虑后果，甚至拔苗助长，是永远不会获得理想效果的，有时可能还会事倍功半，甚至与初衷背道而驰。即便临时抱佛脚也难以挽回已经投入的时间和精力，难以挽回盲目的行动所造成的不良影响。

人生剧目，苦乐参半，悲喜交织。培养和提升积极思维的能力，面对困难和挫折，从希望的角度去思考、去克服，往往能提升自己的自信心，给你和周围人积聚正的能量，使自己变得更为进取和乐观，愉快地感受生命的美好与幸福。否则，整日里深陷忧虑、猜忌等消极思维的泥沼里不能自拔，空耗生命，哪里还有精力谋求自身发展呢？

坚定地走自己的路，
不要活在别人的眼光里

生活中，我们常常因为别人的不满意而烦恼不已，有时还因此而感到自己过得并不快乐，郁郁寡欢。究其原因，是因为你过于在意来自外界的评价和周围人的眼光，任由别人主宰自己的心灵。做人做事要有自己的真见识，如果没有足够的意志力和自信坚定自己，活在别人的眼光里，那你永远都不会有出息。

在这个世界上，无论多么优秀的人，都不可能做到让所有人都满意。其实，多数情况下，别人对你的评价也并非有多大的恶意，你根本不必介意。即使遭遇少数或个别人挑剔的眼光、恶毒的话语，你只要学会忽略对方的不善意，看淡对方的不友好，抛开对方施与的羁绊，继续做自己该做的事情就好。自己的心灵自己主宰，自己的生活自己做主，自己的人生自己把握，又何必过于在意别人的眼光呢？

正确地做事是一种聪明，做正确的事是一种智慧。从长远看，人的一生，坚持做好这两点，就足以让你获得十足的成就感。至于日常工作和生活中，可能遇到的一些矛盾或摩擦，尤其是非善意的批评和指责，只要你不辜负自己的才华和责任、不黯淡自己的光彩，就没有任何人能够轻易地剥夺你快乐的权利，更没有任何人能够左右你的生活。如果遇事不过脑子，只能淹没在别人的声音中，甚至迷失自己，就会徒生许多无端的烦恼。

其实，人生就像一个多棱镜，总在以它变幻莫测的每一面反照每个人。相同的客观条件下，由于人的思路不同，主观能动性的发挥就不相同，对同一事物的看法和做法也不相同，有时甚至可能还会有截然相反的意见和观点。比如，同是描写三国时期的赤壁之战，苏轼高歌"雄姿英发，羽扇纶巾，谈笑间樯橹灰飞烟灭"；而杜牧却低吟"东风不与周郎便，铜雀春秋锁二乔"。同是"谁解其中滋味"的《红楼梦》，有的人看到的只是宝黛的深情，有的人看到的则是一个封建大家庭没落前的奢华……所以，凡事不必过于关注别人的评价，也不必怀疑自我思维的偏差。心智有了足够的成熟，那就相信自己的眼睛，坚定自己的判断，对人和事包括对自己都给予理性客观公正的评价，即使在一些否定声中也要坚持自己做人做事的原则。

每个人都有自己的路，即使起点不同、出身不同、家境不同、遭遇不同，也照样能够抵达同样的顶峰。但每个人选择通往山顶的路却不尽相同，虽然都不可能一帆风顺，都充满了泥泞，布满了坎坷，若想登上自己理想中的顶峰，就要选择走正确的道路，保持足够的自信和耐力，同时还要保持足够的清醒，才能取得最后的成功。否则，就有可能走到偏道上，与别人同路殊归。

有时决定自己一生的，不是自己的能力，而是自己的选择。能够掌控自己内心的人，大部分都对自己有清醒的认识，对自己有清晰的定位，不会让自己的人生浪费在别人的标准里。他们很清楚，自己来到这个世界是为了实现自己的人生价值，而不是为了逢迎别人。古语说："以铜为镜，可以正衣冠；以人为镜，可以明得失。"每个人都可以是自己的一面镜子，可以从别人身上发现自己的缺点和不足，并加以改正。但不必事事都拿别人当镜子，参照别人的方式方法和态度来确定自己的一切，那就成了一个受别人左右的"稻草人"了。

你可以仰慕别人，但绝不要忽视自身的潜力。要想摆脱平庸，就必须摒弃自卑和自我疑虑心理，让自己的内心强大起来。只有这样，才能创造美好的人生。

能受多大委屈，就能撑多大格局

如同千人百面，人的度量也是千差万别。有的人心胸豁达，能在不断的屈伸中慢慢地成长，不断完善自己的价值观和人生观；有的人心胸狭窄，凡事斤斤计较，容不下与自己心仪相悖的人和事，最后只能关起门来当"孤家寡人"。

人，"最大的是心，最小的也是心"。一个人度量的大小，固然与他的道德、素养、学识、见识等有关系，然而有人生大格局、大志向则是一个人心胸宽阔的主要原因。一个人的格局，往往决定其内在度量的大小。格局大，志向大，人生定位也高，凡事能够从大处着眼，豁达而不拘小节，不纠缠于任何非原则的琐事。即使遇到不顺心不如意的事，他们也能保持平常心，坦然面对。

职场是一个小社会，有的还如同战场。身在其中，遭遇敌视、猜忌、误解、被孤立、被排挤，体验到委屈、愤怒、难过、悲伤等负面情绪在所难免。无论你受到多大的委屈和伤害，都要保持一种豁达的心态去坦然面对问题。能承受多大委屈，就能练就多大的包容心，而包容往往能产生强大的感染力和凝聚力，也会把最后"胜利"给自己包容过来。如果受点委屈就任性地撂挑子不干了，表现出无担当精神和利己主义思想，只能证明你的内心还不够强大，承受不了多大压力。

工作中遭遇屈辱是坏事，但也能变成好事，关键看你以怎样的心态去看待。心理学家认为，人的三大精神能源有：创造的驱动力、爱情的驱动力和屈辱的反作用驱动力。在学习、工作和生活中，如果能承受别人的嘲笑、孤立、排挤，既是一种雅量，也是一种忍耐，更是一种历练，它可以成为鞭策你发奋向上的动力。有人说，一个人无论多勤奋、努力地学习，都不如让他在受到屈辱的时候学得迅速、学得深刻、学得持久。屈辱有时能锻造你深度思考的能力，体验许多人生顺境中无法体会到的东西。

做人要学会能屈能伸，"屈是能量的积聚，伸是能量积聚后的释放。屈是伸的准备和积蓄，伸是屈的志向和目的"。对一个人来说，凡事要有自己的主见，有足够的定力，相信自己的力量。不因过于在意他人的看法而迷失自己，甚至成为别人毁誉的"努力"。同时，也要修炼自己的气量，能与不同性格、不同脾气的人和谐共事，听得进不同意见，经得起误解和委屈，承得住忍辱负重。

一个人，能承受多大委屈，就能撑多大格局。格局越大，眼界就越高远，心胸就越宽阔，就越能以足够的思想高度和广度，去对事物进行深刻的认识，做出准确判断。当你致力于不断扩大自己人生格局的时候，就会更加专注于提升维护自我尊严的实力和才干，从小事做起，踏踏实实奋然前行。到那个时候，就没有什么能够阻挡或干扰你执着于自己的梦想追求了。

那些整天庸庸碌碌、精于算计、热衷于拼手段的人，总是想通过所谓的技巧获取一时的成功，通过不正当途径获取自己利益的最大化，甚至不惜把自己的幸福建立在别人的痛苦之上，把别人的尊严踩在自己的脚下，这种人最终不会有好下场。

有一位哲人说，宽容和忍让的痛苦，能换来甜蜜的果实。的确如此，真正的宽容，既能包容清净，也能包容污秽；既能包容爱的人，也能包容恨的人；既能包容善良，也能包容邪恶。虽然宽容有时是痛苦的，意味着放弃心中的怨恨，将往日的种种屈辱和痛苦生生咽进肚里，但不选择宽容和忍让，就会因伤害而继续痛苦着，最终将遍体鳞伤，而被怨恨的人却没有任何痛苦。所以，唯有宽容，缝合创伤，才能轻松上路。

为自己的人生确定意义

人生，是人的生命活动和生命历程，是人的生存和发展的客观过程，包括人的学习、工作、恋爱、婚姻、交友等广泛的生活领域。有人说：世上有两种人生：一种是虚度的人生；另一种是有意义的人生。在抱有第一种人生态度的人眼里，生活就是通过个人努力，让自己和家人过上好日子；在持第二种人生态度的人眼里，生活就是通过个人的努力，让自己、家人和更多人都过上好日子，并以此作为实现自己的人生价值。

关于人生意义的思考，早已充斥在我们的周围，有很多种说法，有的是小时候家长灌输的，有的是上学时老师和参加工作后领导谆谆告诫的，有的是各种类型的教育和培训传授的，还有的是读书学习时各种人生意义的补充版。然而，有多少人会把这些外在的，关于人生意义的所有版本都当作自己内在的标杆，并为之确定为自己奋斗终生的决心呢？

一粒种子不落在庄稼地里仍然是一粒种子，如果落在庄稼地里就会结出许多粒粮食来。每个人的生命，都在以其多姿多彩的形态展现着各自的意义和价值。人的一生，如果只是为小我而活着，人生的价值将十分有限，活着也只是浑浑噩噩地吃饭、睡觉，体验不到生活真正的意义所在。比如，做父母的满足于为孩子忙前忙后，等子女不再需要他们时，父母一般会有比较强烈的失落感，有的可能还会为不再被孩子需要而感到无所适从。还有一些人，过度迷恋金钱和物质，并把追求金钱、物质当成自己人生的全部意义，整天疲于奔命赚钱、赚财富，那么这样的人生意义就只能以金钱的数量为计量单位了。

其实，人的一生，最大的成就感、满足感莫过于被需要——被亲人需要、被朋友需要、被社会需要等等。活着肯定要做事的，把自己分内的事做好，在做事的过程中去体现自己的人生价值。如果大事做不好，小事又不愿意做，日复一日，年复一年，糊里糊涂、浑浑噩噩地几十年过去了，是体验不到人生真正的意义的。

列夫·托尔斯泰曾说："人生的价值并不是用时间，而是用深度去衡量的。"每个人的生命长度是一定的，增加生命的深度、扩充生命的容量、彰显生命的意义，需要你确定好自己的人生意义。同样的环境、相似的经历，为什么人与人之间会产生差异？原因众多，但核心就是思考的差别。思考的深度决定一个人人生的高度。学会了思考，就能懂得生活中什么是大我，什么是小我，什么是轻、什么是重了。

非常欣赏这么一段话："盘点人生意义细账，至少有这么几笔：一是盘点付出账，你付出了多少？该付出而没有付出，生命的意义就会因为投入不足而黯淡无光。二是盘点收入账，你所做的事情获得了什么，值不值得？意义是可以依据人生的获得来量化的。三是要盘点平衡账，人生的收支大体要平衡，一辈子付出很多却收获很少，那就算不得成功。四是要盘点奉献账，这笔账是大账不是小账，对家庭的奉献、对单位的奉献、对事业的奉献、对社会的奉献，这些奉献不讲收支平衡，只讲奉献对人生的意义。"的确，一般情况下，大多数人盘点前三笔账时，对第四笔账"奉献账"盘点的少，其实"奉献账"恰恰最能体现一个人的人生价值、人生真正意义之所在。

唯有冷静处事，方能沉稳应对

真正成熟的人，能够冷静地面对所遇到的各种复杂问题，进行理智的思考，从而从容不迫地妥善化解矛盾、解决问题，使大事化小，小事化了。智商和情商双低的人，遇事往往容易被外部环境或别有用心的人牵着鼻子走，冲动行事，终会酿成苦果。

"冲动是魔鬼"。很多时候，冲动会让人思想上不冷静，心理上不平衡。当强烈的感性战胜理性的时候，遇事往往不会去用心地思考，有时还没有弄清楚事实真相就立马火冒三丈，别人说什么，就信是什么，不给自己任何冷静和思考的时间，从而失去了正确的判断能力，做事也会不计后果。这样做的后果，会给自己招致祸害，事后又后悔不已，但已于事无补，有的情况下，甚至还会搭上自己的性命。

"冲动是一切悲剧的根源"，有时冲动所造成的后果十分严重，所造成的损失也无法弥补。历史上这样的例子比比皆是，如三国时期的张飞，就是因为听到自己的兄弟关羽被害后，一时冲动，便严苛督邮，才给自己招致杀身之祸的；明朝崇祯皇帝因中了皇太极的反间计，一时冲动做出了错误的判断，杀死爱将袁崇焕，才导致江山断送的。现实生活中，我们也听到或看到了许许多多因为一时冲动所造成的各种悲剧。

汽车由马达驱动，而人的行为由自己的情绪，有时驱动情绪的力量是巨大的。多数情况下，一时的冲动表现出来的情绪化很可能就会成为自己事业和幸福的杀手，过多的情绪化行为还会影响自己与他人之间的和谐相处。人在冲动的时候，基本上是已经不能正常理智地思考和支配自己的行为了，说出的一些话和做出的一些事往往容易伤害到他人。这不但解决不了任何问题，反而给自己带来更多的麻烦，甚至给自己招致祸害，严重的还会给社会或组织带来一定的损失。

一个有头脑、够理智的人，平日里是很少用发火或无端的批评、指责去处理问题的。他们如果遇到了触犯自己尊严或者自身利益，令自己非常愤怒或者自己一时想不通的事情时，首先要做的就是让自己尽快地冷静下来，先把事情暂时放一放，把自己的注意力转移到其他事情上，等情绪得以平复，理智地思考一番后，再做选择或决定，以免因自己的轻易草率，做出伤害自己和他人、使自己后悔不已的举动。

人与动物的区别就在于理性，人一旦失去理性，可能就会像动物一样，动辄暴跳如雷。对一个性情急躁、容易冲动的人来说，在自己的职业生涯中，管理好自己的情绪至关重要。"忍一时风平浪静，退一步海阔天空。"情绪波动的时候，设法使自己的情绪保持冷静，不意气用事，就不会草率地做出一些冲动性的决定或选择，也不会给自己平添一些遗憾和悔恨。

保持冷静沉稳的处事态度，也是一个人真正成熟的标志，能够放下冲动的人，具有一定的深沉能力。不被一时的负面情绪所左右，处理事情就能够周详考虑，懂得"冷处理"，才能从容掌控和稳定局面，才能妥善应对自己所遇到的棘手的问题。

与其临渊羡鱼，不如退而织网

中国有句古语："临渊羡鱼，不如退而织网。"意思是说，面对有鱼的深潭幻想着有一天鱼能一跃而起，跳到自己的手里，倒不如抓紧时间下功夫去织个好渔网，能尽快把捕鱼的愿望变为现实。这则寓言故事很生动地告诫人们，如果只有远大而宏伟的目标，却不结合实际付诸具体实践，那么理想和目标就只能是空谈，最终可能就成为笑谈，永远无法成为现实；对别人的成功如果只是一味地羡慕嫉妒恨，而不"退而织网"去靠自己的勤奋与智慧去努力、去拼搏，或者不知道如何"退"、往哪里"退"，担心这个又担心那个，也许一辈子就只能做"临渊羡鱼"的人了。

与其坐而论道，不如起而躬身。工作和生活中，空想终是"海市蜃楼"，十多个侃侃而谈的空想家或作秀者，也抵不上一个实干家。空想家将时间和精力都浪费在了对未来美好图景的描绘上，都浪费在对自己梦想的空中楼阁的构建中，到头来也只能落得个竹篮打水一场空的下场。

生命只有一次，人生漫长却又如此短暂。在这个高速发展的时代里，无论你从事什么样的职业，无论你身处顺境还是逆境，任何的理想、目标都会有实现的可能。如果你仅仅"动口不动手"，那么生命中所有的机会，都会在你忙着羡慕嫉恨别人的时候，悄悄地溜走了。

现实生活中，很多人满足于现状，缺少努力奋斗的信念，在不思进取地生活和工作着。当看到别人的成功时，自己的心里或多或少会有一种酸溜溜的感觉，只有羡慕的眼神，却没有行动的举止。还有许多人，许下宏伟大愿，立下长远大志后，没走出几步或者遇到一些困难和挫折就又陷入了空想的怪圈，随着时光的不断流逝而屡屡叹息了！让美好的梦想化为泡影，毁掉的是自己原本充满希望的人生。

言语是一个人行为的影子，口头上慷慨的人，行动往往是吝啬的。许多作秀者光喊口号，只表空态，没有将思想落到实处。有的人说一套做一套；有的人只要求别人努力工作，自己却当甩手掌柜；有的人只是务虚不务实的"空头理论家"，讲起来头头是道，但做起来却没有多大能力解决实际问题。务实的人是把自己的理想和目标付诸实际行动的人，他们不会做思想的巨人、行动的矮子，也不相信天上真的能掉下馅饼。他们懂得，像知识、能力、技能等这些能够立足于社会的看家本领，只能依靠脚踏实地学习、思考、实践中才能获得，在跬步的累计中才能到达千里，自己也才能有资格、有能力摘下成功的果实。

千里之行，始于足下。"再长的路，一步步坚定地往前走也能走完；再短的路，不迈开双脚也无法到达。"人生的真谛就在于脚踏实地地去做正确的事。如果没有李时珍几十年如一日地采集整理，就不可能有《本草纲目》的诞生；如果没有曹雪芹十载披阅、数次增减的呕心沥血，也不会有鸿篇巨著《红楼梦》的问世。一直非常喜欢这则故事：世上能登上金字塔尖的生物只有两种，一种是鹰，一种是蜗牛。鹰靠它的天赋，能够搏击长空；蜗牛靠的却是一步一个脚印，永不放弃。而其他生物之所以不能到达金字塔尖，不外以下两点：一是没有太高能力；二是没有超强的耐力。

生活就像种庄稼，种瓜得瓜，种豆得豆，一分耕耘就有一分收获，付出和收获之间是守恒的。要想实现自己的梦想，就应立即行动起来，早一刻行动，就早一刻成功。每天进步一点点是卓越的开始；每天创新一点点是领先的开始；每天认真一点点是成功的开始；每天努力一点点是筑就梦想的开始。只要今天比昨天进步一点点，持之以恒，坚持不懈，终会心想事成，梦想成真。

把理想和目标变成现实并不是凭空得来的，而是必须得付出实实在在的汗水和辛勤的劳动。要耐得住寂寞，承受得住痛苦，把握得住自我，才能创造机遇，把握机遇，才能得到自己想要的东西。

正确面对"怀才不遇"和"大材小用"

　　许多人都曾感慨过自己的命运，感叹自己怀才不遇、生不逢时，抱怨"千里马常有，而伯乐不常有"。是的，尤其在职场上，每一位有才华、有能力的人，也许都深深地渴望过，都心心念念地希望过，自己有朝一日能遇上一位伯乐，生怕自己被堆积于茫茫人海，被淡忘、被遗失，苦恼自己"怀才不遇"或"大材小用"。

　　俗话说："不想当元帅的士兵不是好士兵。"但理想和现实之间总是有差距的，而"怀才不遇"便是其中之一。事实上，无论哪个单位都有怀才不遇的人，其中，有的整天唉声叹气、牢骚满腹，一副抑郁不得志、自暴自弃的样子，因为停滞不前，最终将自身原本所有的优势都荒废殆尽，成为一个落伍之人；有的则能正确看待自己的前途和名利得失，始终保持良好的心态，善于发现自身存在的差距和不足，不断改善和提升自己的知识结构和能力素质。他们能够善于抓住和创造自己成才的机遇，扎扎实实地做好自己分内的每一项工作，并在工作中展示自己的能力和才华。

　　印度前总统尼赫鲁曾说："生活就像玩扑克牌，发到的那手牌是定了的，但你的打法却取决于自己的意志。"是的，世上绝对的公平是不存在的，常有人哀叹，"老天爷瞎了眼"，自己天资聪颖、勤学苦修，却"混"得还不如一些平庸无德之辈。

　　如果你是一个很努力的人，若想变不公为公平，最先应该改变的就是自己的心态，上天绝不会因为某一个人努力就一定能让他取得成功。一定程度上说，努力只意味着成功的几率比那些不努力的人稍大一些，意味着有可能成功而已。因此，你只能坦然面对，努力去改变那些自己能够改变的事情，用宽容之心接纳那些无法改变的事实。只要坚持做正确的事，又能正确地做事，尽心尽力做好自己分内的事，自己的人生终不会平庸的。

一般情况下，很少有人刚参加工作就能具备较强的实力，胜任某些比较重要的职位，或者拿到很高的薪酬。只有在工作中经过一定的历练，达到一定的能力和水平，有为之后才能有位。有时人往往会高估自己的能力，眼高手低，大事干不了，小事又不愿干或者干不好。被安排做一些简单的事情又觉得自己大材小用，言谈举止中都会流露出一些不满，为以后的发展埋下了不好的伏笔。其实，人生的价值和意义，是生命主动地自我实现，忠于自己的理想和信念，不断历练提升自己的核心竞争力和素养的过程，是始终获得良好的自我的感觉，而不是耗费心机地等待机遇或等着别人去发现。

真正有能力和有素养的人，不会担心自己被淡忘、被遗失，他们坚信自己能够创造出无限的价值，所以总是会积极主动地去创造机遇、把握机遇。一个自认为"怀才不遇"的人，如果缺乏敏锐的眼光，仅寄希望于"天赐良机"，不懂得适时表现自己的能力和才华，机遇就会轻易地从自己的身边溜走。这种偏颇的思维模式曾让古代许多文人墨客消极避世，直到今天，这种知性惯性，还在妨碍着一些人的生存态度，心理也在困惑着，否则又哪儿来那么多感慨呢！

在绝大多数上司、领导眼里，忠诚胜过能力。一位哲人说："假如把智慧和勤奋看作金子那样珍贵，那么，比金子还珍贵的就是忠诚。"职场中,上级用人不仅看能力,更看重品德,而品德之中最核心的又是忠诚度,那些忠诚又能干的人往往才是上司、领导者们梦寐以求的得力干将。忠诚的人,即使做事能力有限,仍然能得到上级的重视,到任何地方都可以找到自己的位置。而那些朝秦暮楚、只考虑个人得失不管组织利益的人,即使有再高的天赋,再大的本领,也不可能被上级器重,即使一时失察被用起来,放到哪儿都有可能是个"定时炸弹"。

当你处于"怀才不遇"和"大材小用"的境地时,应学会保持一种平常心态,踏踏实实走好自己的每一步,做好每一项分内工作,相信金子总有一天会发光的。

第八编 人之幸福皆出于心之知足

人之幸福皆出于心之知足

老子在《道德经》中说"知足不辱","祸莫大于不知足"。心之知足，指的是一个人能够客观地认识和准确判断自己已经实现的目标及愿望，并给予充分的肯定，从而保持快乐平和的心态。必要的自我知足是一个人真正的财富，也是幸福快乐的源泉。

对于幸福，不同的人有不同的理解。有的人，在追求充足的物质财富中寻求幸福；有的人，在脚踏实地的实现自我人生价值中体验着幸福；有的人，在辛苦劳作中收获幸福。对于幸福理解上的差异性，也导致了人生状态的迥然不同。有的人，刻意追求想要的东西，因求之不得而郁郁寡欢；有的人，即使家财万贯、官运亨通、满腹经纶也感觉不到幸福和快乐的存在，甚至感觉生活对他来讲就像是一种折磨；有的人，虽然家境不太富裕，但却时常都在享受着家庭的幸福、努力拼搏的快乐，以及不断超越自我的喜悦。

其实，幸福只是人内心深处自我满足的一种真实感觉，与金钱、地位、名利没有直接关系。每个人都有属于自己的幸福，只是有的人因为有太多的追求和渴望，心灵总是处于饥渴状态，整天为无穷无尽的欲望需求而殚精竭虑地忙碌着，总感觉自己活得很累，难以感受得到生活中的幸福。当一个人物质生活极度丰富，内心的虚荣到了不可抑制的地步时，其奢侈之心可能就会随之悄然而生。如果超出自己的能力范围，得不到想要的一切，心就会时时被一种焦虑所困扰。

人活着，为的是使亲人、自己还有其他更多的人都过得更幸福、更快乐，这样的人生才是真正有意义的人生。幸福生活要靠自己不断的努力去追求、去奋斗、去创造，但这并不意味着就是生命的全部。如果以忽略自己内心的痛苦和劳累甚至透支自己的健康为代价，耗费人生大部分时间和精力去换取一种有目共睹的优越生活，那就违背了幸福的真正含义。

许多人辛辛苦苦忙碌了一辈子，究竟为谁辛苦为什么忙？到头来连自己都没顾得上，让幸福跟上自己的脚步。多数经历过流年岁月之后的人们都懂得，其实，幸福真的很简单，那就是，平日里保持自己的心灵有所知足、有所慰藉就已经是很幸福的了。

心之知足并不是让你消极地安于现状、完全不思进取，甚至故步自封，而是在珍惜自己正当合理的报酬、荣誉和幸福基础上，能够更加理性地进取，不过分苛求一些不切实际的东西，免得被过多的欲望所累。如果超出这个限度就属于非分之想了。比如，向社会提出过分要求，向他人索取额外的回报，过分贪恋超越道德底线的幸福，等等。如果虚荣心、嫉妒心、攀比心过盛，又不加以合理适度地控制，时常就会被自危、自卑、自惭所困扰，心中的怨恨之气也就会不断地积聚，就会变得越来越贪婪，终会导致自取其辱，甚至做出铤而走险、一失足酿成千古恨的事来。

一个人，要想维护自己内心的安宁、提升自己的幸福感，就要怀有一颗感恩之心。感恩是一种积极的生活态度，懂得感恩的人，会主动回馈社会、生活和他人的馈赠，在认认真真做好分内事的过程中慢慢品味生活中的乐趣，时时刻刻被自己所做的事情充实着。越是充满自信地去做每一件事，从中获得的满足和幸福就越多。一个不懂得感恩的人，将无法融入社会的大家庭，也不会获得真正的幸福。

心之知足，是一种恬淡平和心境，是一种乐观豁达的人生态度。它能帮助自己在纷繁芜杂的生活中，始终保持自己内在的安定与坚毅。以一颗平常之心面对当下的处境，以一颗进取心去开创美好的未来。只有收获心灵上的温暖和慰藉，才能感知幸福、珍惜幸福、留住幸福。

家是讲爱的地方，不是讲理的地方

　　家是社会最小单位的细胞体，也是人世间最温暖、最踏实的避风港。人们长叹爱情不易，相爱简单相处难，有情人终成眷属之后，决不能掉以轻心，还需小心翼翼地共建这个爱的港湾。因为"美丽的家，就像一件精美的瓷器，制作它的时候很艰辛，打碎它却很容易"，因此，在家里，多讲爱情、多讲亲情，少讲理、少算账，才能让爱情长期保鲜，才能维持长久。

　　心理学家认为，恋爱和婚姻是爱情的两个阶段，二者有所不同，恋爱中的双方更加关注的是彼此内心的感受，缺少的是一份责任和担当。而建立在两情相悦基础上的婚姻关系，不仅是一种法律意义上的契约，还是对彼此许下的庄重诺言，更多的还意味着一种责任。

　　两个不同性格的人走到一起，每天过着千篇一律的柴米油盐酱醋茶的日子，随着长期相处，爱情也许会渐渐变淡，双方在彼此眼里的魅力也许会随之打折扣，争执、分歧在所难免，爱意多少会缩点水分。两人不经意间的磕磕碰碰，也会使原本充满温暖的家，蒙上一层阴影。如果不懂得包容，不懂得迁就对方的缺点和不足，那么爱意就会越来越少，到最后可能就只剩下一纸契约，这样的婚姻就有可能沦为一个过场，往往比没有爱情的婚姻解体的更快。

　　有人说：世上有三种人可以不讲理：一是疯子；二是病人；三

是情人。爱情是婚姻的基础，爱情也应该是无私的。两个相爱的人，在得到爱的同时，彼此双方都应学会付出，付出对对方的关心与爱护，付出对对方的体贴与谅解。体贴与谅解是心灵上的付出，如果双方都能做到这一点，灵魂就能渐渐合二为一。这样的爱情永远不会褪色，爱的诺言也会恒久不变。爱情还是自私的，除了两个人之外容不下其他人。

有些年轻的夫妻双方在发生争执、产生矛盾时，一方或双方会不自觉地为了表面上的一个"理"，任性或冲动地发泄心中的负面情绪，有时甚至会伤害对方，最终只落得两败俱伤，甚至"分道扬镳"的结果。假如能够明白，家是讲爱情、讲亲情的地方，不是讲理、算账的地方，就不会让人深感后悔或遗憾的后果发生。

两个人组成一个家庭，不仅仅是两个人的事情，还包括两个或多个家庭中的长辈等亲人的希冀和牵挂，能否长期和睦相处下去，靠的是彼此的体谅与关怀。生活中如果遇到不开心的事情，不妨先冷静下来，暂时把意见和分歧放一放，把注意力先转移到别的地方，学会"冷处理"，也许意见和分歧就能转变为家庭的和谐成分。无数的生活实践告诉我们：学会"冷处理"，是解决冲动的最有效的办法之一。而"忍"也是家庭和睦的一个秘诀。常言道："忍一忍平安无事，退一步海阔天空。"如果一方发点小脾气，另一方稍稍谦让一下，就会风平浪静，一个巴掌是拍不响的。善忍则息事宁人，则家和万事兴。善忍体现的是一个人善解人意、通情达理的贤良品质。

有时，我们常犯的一个毛病就是过于自私或过于任性，考虑自己多，考虑家人感受少。有的人只想着为了事业发展，为了追求未来，而忽略了家庭，甚至把自己在外面吃的苦、受的累、受的委屈都汇集成不满，都发泄给自己的亲人，把港湾当成了负面情绪的"垃圾站"。如果都能考虑对方感受，特别是在对方对你提出要求的时候，你最应该做的是尊重、感激对方的奉献，而不是责怪和呵斥。

事实上，情感是一种双向的交流，如果亲近的人一味地付出爱换来的却是伤害，那么心就会慢慢地变冷，感情也会慢慢变淡。虽然爱无形，无法用容器衡量；爱也无质，不能称量轻重，但至亲的爱应该像山一样宽厚，这份情是世上任何感情都无法比拟的。我们不能因为习惯了享受被爱的感觉，就对其视而不见，就不懂得珍惜。

夫妻相处，如果一方付出过多，另一方付出过少，感情可能就比较容易失衡，关系也许不会长久。只有双方都在付出，才能保证婚姻关系在平衡中得以维持。当青春不再，当华发初生，爱情渐淡，亲情渐浓，早已没有了当初"一日不见如隔三秋"般的依恋，只唯愿对方健康平安，因为对方早已是自己不可或缺的亲人。

家是疲惫时的港湾，是团圆时的幸福，是离别时的牵挂，是一本永远都读不完的书。

家是幸福温馨的港湾

　　家是最小国，是社会的基本单位，也是家人最幸福、最温馨的避风港。

　　茫茫人海中，能与亲密的知心爱人相遇、相知、相契，组建自己的小家庭并且相伴一生，是缘分，也是福分。牵手是一辈子的事，有人说，爱情的保鲜期是18个月，当浪漫的爱情被现实生活的温情所代替，共同的成长会让两个人在生活的磨砺中，逐渐产生肝胆相照的义气和不离不弃的默契，最终成为至爱至亲的亲人。所以，一旦牵到了那只温暖的手，就要且行且珍惜。事实上，当爱情蜕变为亲情的时候，这种亲密的感情往往也会更加坚定，也更加懂得相互理解、相互包容、相互鼓励。

　　家是缓解压力的地方，也是可以放心倾诉心事的地方。出差在外，不管离家多远，家始终都会被自己吸引着、牵盼着。平日里，每当忙完一天的工作，踏着夜色回家，看到客厅飘窗透出橙色的灯光，知道家人在等自己，心里即刻就会溢满一种幸福的感觉。踏进家门前的那一刻，在外经历的所有的苦累、烦恼、委屈全部都统统卸载并丢在家门外。回到家里，身心完全放松下来，还原一个真实的自我。有时工作中的一些烦恼，也跟自己的亲人们念叨念叨或发发小牢骚，一些负面情绪偶尔也发泄发泄。其实，家人才是最能够接得住自己负面情绪，并帮助彼此消化负面情绪的人，也是最值得信任、最能够托付身心的人。

"家，是倦鸟的巢，是水手的港。美丽的家庭就像一件精美的瓷器，制作它的时候很艰辛，打碎它却很容易。"家是幸福、温馨的港湾，但要懂得珍惜、经营和维护。婚姻不是风花雪月的浪漫，而是庄严的承诺和责任，是相濡以沫的坚守。当曾经的花前月下逐渐被日常的生活琐事所代替，曾经的海誓山盟也逐渐被柴米油盐酱醋茶所更换，就需要彼此更多的理解、更多的照顾、更多的温暖、更多的安慰和更多的疗愈。

幸福是与人生同步的一个过程，有爱就会有幸福，爱的过程其实就是一种幸福的过程。很多时候，人们往往容易忽视感受眼前的已经拥有的家庭幸福，就像总泡在蜜罐里不知道甜一样，而把自己所有称心如意的希冀放在未来，或者固执地去追求一些难以企及的幸福。直到失去的那一刻才发现，那份原本已经拥有着的幸福原来是那么的珍贵，自己却从来没有珍惜过，没有保护过，没有感动过，也没有回报过。留给自己只是永远的无奈或悔恨。

人这辈子，有些苦楚必须要亲身经历才能真正体验得到，许多事情也只有经历过了才更能感悟人生的意义。好的人生，何尝不是从苦里熬出来的呢？没有谁的人生自始至终都是甜的。人生苦短，不要奢求自己这一辈子能有多大的出息，只要尽力而为就好。也不要奢求这一辈子能有多么的富贵荣华，只要家人都幸福安康就好。

对儿女来说，父母身体都健康安好，就是对自己最大的支持；对父母来讲，儿女永远都健康平安快乐，就是父母最大的慰藉和满足。家有浓得化不开的亲情，让一家人彼此相连；家是每个家庭成员获得爱情滋养和亲情温暖的源泉，更是一个人拥有良好精神状态的基础。没有一个和睦的家庭，即使事业再辉煌，人生也会充满缺憾的。

健康是一种责任

　　健康是一种责任。因为一个人的健康不仅是自己的，也是父母、爱人、子女和兄弟姐妹这个大家庭的。拥有健全的身体、健康的精神，不仅是对自己负责，也是对家人负责。一个人失去了健康，终日疾病缠身，不仅自己难受痛苦，也会给亲人带来很大的负累。一个人，就算才华横溢、事业有成、财富丰富，如果自己的身体健康出了问题，也完全失去了幸福的资本，也许连自己的生命都顾不上，不但耽误了自己，也拖垮了家庭。

　　现代人，生活节奏越来越快、工作压力越来越大、烦恼纠结越来越多，很多人长期处于紧张忙碌状态，疏于关心自己的健康状况，身体长期处于一种亚健康状态。纵然有不得已的原因，如果不重视自身健康和自我调节，最终可能会导致严重后果。其实，身体的亚健康状态也不同程度影响着你的工作效率和工作质量。长期处于亚健康状态的人，精神状态越来越差，整天昏昏沉沉，本来一天就能完成的工作任务，加班、熬夜，三天也不见得能做好。这样的恶性循环不仅让你疲于奔命，而且也在透支着你的身心健康。

　　许多事业心、物欲心过重的人，经常为壮志未酬所苦，不惜透支身体或牺牲健康去拼事业、挣财富，年轻时用健康换事业、换金钱，年老时用钱换健康，也许最终再大的事业、再多的钱也买不回健康了。此外，还有许多人，习惯沉迷于不健康的生活方式，吸烟、酗酒、熬夜，家人好心相劝，却视为耳边风，一旦身体健康出了问题，耽误了自己，也拖垮了家庭。

身体和精神休戚相关，只有把合理的时间、精力用在提高工作效率和工作方法上，而不是用在拼命上，才能更好地承担起自己的责任，才能享受美好的人生。

平平淡淡才是真正的人生

人这一生，95%以上的时间都是在平淡和平凡中度过的，平凡是人生的主旋律。做一个平凡的人，从生活中一个个温暖的瞬间、一件件平凡的小事中享受和品味幸福，时时处处都会感悟生活中点点滴滴的美好。

人的生命只有一次，短暂而漫长。每个人都曾有过梦想，而少年、青年时期的梦想似乎总与平凡、平淡无关，大多数人都渴望能够拥有卓越的人生，并愿意以不懈的努力和百分之百的激情投入到未来的事业中，一路披荆斩棘，去铸就自己轰轰烈烈的辉煌。"一个人的自信力来自于内心的淡定和坦然。"虽然，总有人能成为时代的翘楚，也总有人能站在时代的浪尖上呼风唤雨，但并不是每个人都能获得让人羡慕的成功，也不是每个人都能腰缠万贯、地位显赫。不管当初的梦想多么高远，随着年龄的增长会逐渐明白，哪有那么容易就能"一举成名知天下"的？哪一个成功不得经历"宝剑锋从磨砺来，梅花香自苦寒来"？

我们提倡努力工作、创造非凡业绩，但工作毕竟不是生活的全部。一个人，如果把工作作为自己生活的全部，成为工作狂，那他可能很难体会到生活的幸福和快乐。反之，如果能在工作闲暇之余，挤出一定的时间用于阅读及诗词、琴棋书画的创作和欣赏上，那就不乏生活上的闲情逸致。自己的艺术素养也将会得到提高，智慧得以激发，身心也会经常保持愉悦，工作和生活得以保持一种均衡协调，从而不断提高自己的思维与行动的敏捷性，这将更有利于提高工作和生活的质量与效率。

其实，人的一生，真正起决定作用的只有那么几个关键环节，那就是要选择从事自己热爱并擅长的事业，选择可以做精神伴侣的人做自己的另一半，遇见真正的朋友，其他的基本上都是简单琐碎的重复与平淡。一般情况下，人到而立之年，平淡便会随影而来，过的都是循环往复的平常日子。

生活中的一些事，看似简单，却有许多人耗尽自己的一生都悟不透其中的真意。比如，明明自己已经拥有人生最平淡、最朴素的幸福，却不知道珍惜，总是希望能够在汹涌的波涛骇浪里去打捞那些虚幻却华丽的梦，为华而不实的荣耀，为难以企及的名利，为不可追得的感情，而疲于奔命，甚至付出惨痛的代价，却单单辜负了一生默默相随的亲人的幸福。其实，只要放慢脚步，留意当下，就会发现真正的幸福就在一草一木、一茶一饭、一叶一尘里，平平淡淡才是生活的本质。

"智者乐山山如画，仁者乐水水无涯。从从容容一杯酒，平平淡淡一杯茶。"这是陶渊明的一首田园诗，说的是智者从容淡泊，因此心里装着明山秀水而怡然自得。学会了平淡，才会有从容的心境。懂得安排和经营好自己的生活，才能经得起磨砺，看得淡得失，耐得住寂寞，守得住自我，才不会在物欲横流金钱至上的社会中迷失自己。

岁月如梭，人生如梦。当你走过人生的一程又一程，回望过去，人生的真谛就在于享受生命，体验生活中随处可见的美好。现代人，生活节奏越来越快、工作压力越来越大，如果自己基本的生活所需已经得到满足，却仍然像一部周而复始运转的机器，整天奔波劳累、费心耗神地去追求名利地位，就真的无法从容并充实地享受人生了。

人生快乐三诀

　　有人说，人这一辈子只有三件事：一是"自己的事"，二是"别人的事"，三是"老天爷的事"。其中"老天爷的事"注定无法强求，而处理好"自己的事"和"别人的事"，其实也很简单，那就是：不要拿自己的错误惩罚自己，不要拿自己的错误惩罚别人，不要拿别人的错误惩罚自己。做到这三点，就一定会拥有一个快乐人生。

　　第一，不要拿自己的错误惩罚自己。人的一生，无论怎么勤奋、努力都不可能做到十全十美，也不可能让所有的人都满意。比如，说了一句不该说的话，犯了一个不该犯的错误，错过一段没有珍惜的缘分……对于所有你曾经的过失，总会有人说长道短，总会有人指手画脚，总会有人说你不好。在职场，也许会遇到与你性格脾气不和的人，也许有人看不惯你的做事风格，也许有人会羡慕你嫉妒你，也许有人会为难你算计你。但不管别人如何对你，你都要执着于自己人性中的真善美。只有做好了自己，才不会把遗憾和焦虑留给自己的明天。

　　快乐的人不是没有痛苦，而是不会让自己被痛苦所左右。成功之路，一向都是由无数的磨砺和层层的磨难铺垫而成。每个人的一生，都难免会与痛苦或迷茫不期而遇，特别是在非常难熬的那个阶段。如果执迷于反复倒带播放自己一些不顺心时的过往，把一些错误、过失无限延长或放大，整天沉溺于抱怨、苦恼、后悔、自责中，这不但没有任何意义，还会影响自己的现在和未来，也无法创造和体验更加美好的明天。有时不断地舔舐自己曾经的伤口，换来的也只是对自己的二次伤害。

越是艰难困苦的日子，越要看作是对自己意志品质的一种磨炼，对自己生活的考验，对自己生命内涵的丰富。只有走过一些弯路，才能更加清醒地认识到当初最想要的是什么，这往往也是对自己命运的另一种成全。通往成功的道路有时并不拥挤，虽然绊脚的、泼冷水的、看笑话的人有时可能不少，但坚持下来的，也许就会成为神话，而半途而废的就必定会成为笑话。

第二，不要拿自己的错误惩罚别人。生活中曾遇到过一些真正努力的人，即使他们已经很优秀了，但他们却从来不觉得自己很努力，反而总觉得自己努力得还不够，做得还不够好，还应向更好的方面、更高的目标加倍努力。与这样的人相比，我发现了自身存在的许多缺点和不足，也找到了自己需要努力的方向。

一个人的一生中，最大的失败是不清楚自身到底存在哪些缺点和不足，最危险的是知道了自己的缺点却依然坚持自己已有的缺点。如果能及时反省和更正，站在旁观者的角度去客观地剖析自己、评价自己，扬长避短，就会不犯或少犯错误。

生活中，人们由于日积月累的习惯，很容易形成惯性思维，包括一些消极的思维。这些惯性思维会在不知不觉中影响着你的品德，决定着你的思维和行为方式，左右着你的为人处事。比如，有的人总是按照自己为人处事的原则与标准要求别人，或者苛求别人，搞得身边人都不愉快。有的人说话不过脑子，直言快语既伤人又伤己。即使自己是善意的，也难免不会得罪人。

第三，不要拿别人的错误惩罚自己。现实生活中，人与人之间的相互了解，往往比较肤浅、局限而片面，所以对人、对事要始终保持清醒的认识和判断，既不因别人不善意的批评、指责而自卑自贬，也不随波逐流而人云亦云。对朋友、同事小的缺点和无意的过失、冒犯，应包容谅解，并尽量欣赏、鼓励他们的优点。

对那些凭自己的惯性思维、主观臆断、先入为主等随意评判他人的闲言碎语，也不必当成礼物照单全收，更不必当成大事折腾自己。石头砸在自己的脚上，别指望别人会替你疼。对别人有意的责难、算计，不要急于争辩，非要去论出个是非曲直，让自己纠缠于无聊的是非之中。

评论，关乎一个人的教养，透露出的是一个人人性的优劣。那些爱背地里说三道四的人，暴露的正是他们品行的低劣。你需要做的就是提高自控力和忍耐力，把时间和精力用在脚踏实地干事上，这也是对那些无聊的瞎扯最好的蔑视。

为人处世没有不复杂的，做人千万别太敏感，否则，苦恼的是你。生活中有许多事情，听到的人记住了，说的人可能早已忘记了。不必总惦记着别人的眼神，只有自己才能给你安全感。但人是有尊严的，忍耐也是有原则、有底线的，你可以容忍他人犯错，但不能容忍他一错再错，也绝不能允许他任意践踏你的原则、你的底线，或在你的世界随意地走来走去。

人生幸福三诀

人们都在努力追求自己的幸福，那么究竟什么是幸福呢？不同的人可能对幸福有不同的理解和解读方式。有人说，活着并拥有健康的身体就是幸福；有人说，从事自己热爱的事业就是幸福；有人说，有一个幸福美满的家庭就是幸福；有人说，做人做事无愧于心就是幸福……其实，幸福是自己内心的一种体验和感受。遵守"人生幸福三诀"：珍惜已经拥有的幸福；不用别人的眼光丈量自己的幸福；保持心灵的富足，就能拥有一个幸福快乐的人生。

生活中常听到一些人抱怨，也曾经看到一些人的忏悔："如果当初能够珍惜已经拥有的最平淡、最朴素的幸福，不朝思暮想，不念念不忘，苦苦追求那些难以企及的名利和所谓的荣耀等，就不会身在福中不知福，就不会付出惨痛的代价，也不会辜负了至亲至爱的亲人。"可惜人生没有如果，只有结果。

多数人都会对幸福生活抱有更高期待，总在不断地追求，渴望更多的获得、更大的成就，无论金钱、名誉、地位，皆是如此。但对已经得到的东西似乎并不在意，就好像沉浸于蜜罐里尝不出甜的滋味一样。令人失去理智的是诱惑，最能让人心力交瘁、痛苦不堪，甚至付出沉痛代价的往往是贪欲。希望你重视并珍惜已经拥有的当下，不要等到失去后才对往事有所眷恋，才知道它的价值。

幸福的目的在于感受自己内心深处的愉悦，而不是被仰视被羡慕。生活中，尽情地享受已经拥有的幸福就好，最好不要过度展示自己幸福的过程，否则，就有可能把羡慕嫉妒恨给自己招了来。同时，也不要去羡慕别人的幸福，正如别人幸福背后的无奈和缺憾也不会轻易展示给你一样，在比较中获得的那种优越感属于伪幸福，不是真正的幸福。不如把更多精力放在做自己喜欢的事上，这样你才有可能获得更多更踏实的幸福。

"不要用别人的眼光丈量自己的幸福。"一个人生活的是否开心、是否幸福都在于它内心深处的感受，与社会的评价和他人的眼光没有关系。有句格言说得好："20 岁时会顾虑别人对自己的看法；40 岁时已经不理会别人对自己的想法了；60 岁时会发现别人根本就没有想到过自己。"的确，真正在乎你的，除了亲人和两三个知己外，其他的寥寥无几。在企业、机关，人们各有各的工作和生活，各忙各的事，谁都不会用过多的时间和精力去"关注"你。所以，无论什么时候，都要依靠自己的能力有尊严地生存和工作，不低三下四、不奴颜婢膝，不看别人的眼色行事，不靠人身依附关系，或以牺牲自己的尊严和幸福为代价取悦别人。也不要受制于人，让别人主宰你的幸福。自己没有真本事，认识再多人也没有用，没有哪个上司或领导敢把 100 斤重的担子，毫无顾忌地放在只能挑得起 30 斤重的人肩上，那不但害了他自己，也会使单位、组织的形象和利益受损。

"心灵的富足才是真正的幸福。"如今，人们的生活水平越来越高，而有些人的幸福指数反而下降，究其原因，就是因为人们对生活品质的要求越来越高，对物质的依赖也越来越严重，总是趋之若鹜地朝着贪图物质享受的方向狂奔，以为幸福是靠拼手段、拼抢"蛋糕"获得的，忽视了精神生活的丰富才是一个人幸福的源泉。毋庸置疑，当今社会竞争日益激烈，有些人为了能闯出一片天地，让家人更好地生活，也为了早日体现自身价值，自身也常常被种种欲望和情绪所困扰，却忽视了关注自己真正的心灵需求，导致精神生活的萎缩。所以，重视自己的心灵感受，不过分苛求自己，洒脱淡然地生活，才能觉知轻松快乐。物质享受带给人的幸福是有限度的，精神享受带给人心灵愉悦的内存却是可以无限叠加的。

人生之路苦乐参半，每个人都有自己最幸福的一面，也都有自己认为不顺心、不如意的一面，关键在于你怎么看待，有烦恼的人生才是真正的人生，同样，懂得认真对待烦恼的人生才是最幸福的人生。

人 生 知 己

"人生所贵在知己，四海相逢骨肉亲。"人的一生会遇见许多不同的人，有的人成了你的朋友，有的人成了你人生旅途中过客；有的人陪你走过一生，有的人却只能陪你一程。所有的遇见，不管是并肩前行，还是陌路殊途，你都没有未卜先知的能力，也算不出最美的相遇是在何时。可一旦能遇到了与自己性情相投、心灵相契、惺惺相惜，像骨肉一种亲厚的知心朋友，就是你人生莫大的幸运。一定要心怀感恩，倍加珍惜。

在一个人的情感世界里，真诚的友情是精神生活中不可或缺的养料。人的一生不一定要有很多朋友，但一定要有一位或几位知己，这种基于笃定不移信任基础上的珍贵情感，能够经得住时间的考验，最能让人拥有"心有灵犀一点通"的默契，体验心灵深处的共鸣，感受无言的温暖和慰藉，丰富情感世界和精神需要；也能最大程度地减弱孤独感，提升自己的快乐和幸福指数。

真正的友情，不同于血脉亲情能够朝夕相处，也不同于浪漫的爱情可以亲密无间，但却仿佛灵魂深处最踏实的港湾，如暖阳随行，似朗月为伴。彼此之间，随时都可以贴心贴肺地尽情表达真实的自我，任何时候都不必戴着面具，无须防备些什么，不必担心失礼、担心说错话，也不必畏惧被冷淡、被斥责，更不必担心被嫉妒、被黏腻。

物以类聚，人以群分，"龙交龙，凤交凤"，自己是什么样的人就喜欢和什么样的人在一起，也最容易成为真正的朋友。三观相同、性格相似、生活方式相仿的人，在相互尊重、相互理解、相互欣赏、相互谦让、互相维护的基础上，融洽相处才能成为知心朋友。他们能从彼此身上看到自己的影子，看出自己的精神需求，交流时也容易有交集，也容易碰出火花。他们也能够在品德上互相砥砺，在工作上互相促进，有困难时互相支持，有不足时互相提醒，携手向着更好的方向发展。

春秋时期的"管鲍之交"，足以让我们对于"知己"这两个字所蕴含的全部内涵有更深的理解。人生知己，这种建立在彼此坦诚相见基础上的将心比心的真诚友情，是一种互相支持、患难与共、甘居人后的侠义精神，是纯粹的，也是质朴无华的。它不受任何功利目的的裹挟，既不含功利心，也不互相利用；既不因一方的荣耀而趋奉攀附，也不过分炫耀；既不清高或卑下，也不骄傲或自满。它秉持着同理心原则，始终如一地保持着一种赤子情怀。这种感情是一个人生命中最大的财富，值得永远珍惜。

现实社会中，人们越来越感叹人生知己难求。究其原因，在于有许多原本纯净善良、无欲无利的一颗清白之心，在社会的大染缸里都被染成了五颜六色，有的还变得连自己都深感苦闷和无奈。但无论如何改变，你依然是你，只是随着生活阅历的丰富，不再单纯地像个孩子，更不再对谁都真诚得像个傻子。其实，有时候想想，这样也没什么不好，每个人的善意和真诚是有限的，将真挚的情感托付给了不值得的人，只会伤了自己的心。

至于那种无事不登三宝殿，以及有利益时则亲密无间、无利益时则过河拆桥的人，不仅早已违背了交友之道，而且抱有这种实用主义心态和原则的人，也并非真正的朋友，越早"断舍离"

越好。

　　"众里寻他千百度，蓦然回首，那人却在灯火阑珊处。"其实，只要你卸下心防，敞开心扉，也许就会蓦然发现，原来知己一直就在自己的身边。

享受独处时的美好时光

随着社会的飞速发展，作为职场中人，如果缺乏与外界必要的交流与互动，可能就会成为一个孤独落拓的边缘人。尽管成功的人生离不开人情世故，但过多的人际交往、应酬和推杯置盏，把大部分时间和精力耗费在人情世故上，会让自己变得浮躁焦虑和疲惫不堪，自己的身体健康也会受到不同程度的损耗。

久居熙熙攘攘的闹市，身在职场中的许多人，终日忙忙碌碌地追寻，或为生计四处奔波，或为早日脱颖而出不停地给自己加速加压，或为生活中的繁杂琐事而烦躁不已，挤不出独处或休闲时间，就很难让人摆脱身心上的许多困扰。每当遇到不痛快不如意的事，或者遇到难以解决的问题，心中往往会被盘根错节的烦恼纠缠着，茫然中不知如何应对。不少人在高速度、快节奏的生活压力下，出现疲惫、易怒、烦躁、郁闷等不良情绪，有的身体长期呈亚健康状态，有的心理出现了问题。如果暂时把这些烦恼和不愉快放一放，找一个可以悠然独处的时刻，或找一个独处的地方，不为纷繁的琐事所扰，也无须迁就任何人，什么也可以不想，给心灵放个假，默默地享受生命中最纯真最安静的美好时光，保持一种身心的均衡协调，也许更能胜于劳累的追逐，也许还会找回迷失的自我。

适时独处，默然地反观自己的内心，悄然地打扫心头的负面情绪，可以让心灵得到充分的放松和休憩，同时在静心和思考中沉淀自己，重新认识自己，从而不断充实、不断完善自己。如此，适时的独处未尝不是一种心灵的加油站。

无论将来你的工作多么繁忙，都要在物质极大丰富的今天，更加关注自己内心情感的需求，关注自己心灵的健康，关注自己精神上的满足。适时给自己留有一定的独处时间，远离喧嚣浮华，取静享一段独处时的美好时光。比如读一本好书，欣赏几段经典音乐，品一杯浓郁的咖啡或香茗，倾听大自然的声音，感受异域的风土人情，抑或做自己喜欢和热爱的事情，填诗词、弹钢琴、习书法等等。

喜欢独处的人与个人性格没有太大关系，有些喜欢独处的人，照样是性格豪爽率真、心胸坦荡之人，他们也喜欢并珍惜朋友，只是习惯慎重而有选择性地去与人交往而已。有偏见的人，习惯凭自己以往或传统的心理暗示、经验、猜测，容易把喜欢独处的人误解为是孤独侠，这样的人往往思想守旧、性格孤僻。有的性格孤僻者，习惯揣摩别人的心志行事，有时还故意做出一副无所谓的样子，一旦别人真的不理他了，自尊心就容易受到伤害，活得也很累。

王国维的"人生三境界"中第一种境界"昨夜西风凋碧树。独上高楼，望尽天涯路"，指的就是人的孤独求索精神。耐得住寂寞，守得住孤独，是所有成就事业的人共同遵循的一个原则。这样的人，能够在喧嚣的社会中，沉潜自己的人性，锻造自己的心性，将自己生命中最优的精力、最宝贵的时间，用在更有价值、更有利于实现自己目标的事上。不在独处之时，静下心来，难以进行冷静而缜密的思考，从而以更加踏实、厚重、严谨的态度，坚持不懈地执着于自己的追求，实现自己的人生价值。

浮躁的人，历来是不甘孤独和寂寞的，他们易受强烈的功利主义驱使，不能潜心静气地做自己该做的事，或急于求成，怨天尤人；或患得患失，迷失自我，不但妨碍了事业的健康发展，自己也是苦不堪言，有的还是自毁前程。

适时独处，隔去外界的喧嚣，暂时放下心中的惦念，静静地与自己的心灵对话。认清真实的自我，摒弃外界干扰，静思为什么、做什么、怎么做，才能更好地实干事、干实事、干成事。

心若美好，一切美好

翻译家、文学家杨绛说："我们曾如此渴望命运的波澜，到最后才发现，人生最曼妙的风景，竟是内心的淡定与从容。我们曾如此期盼外界的认可，到最后才知道，世界是自己的，与他人毫无关系。"是的，一个人生活得开心不开心、幸福不幸福，都在于自己内心的感觉，与他人无关。一个人内心的基调决定了他人生的基调，要想拥有一个幸福快乐的人生，首先就要从做自己思想和行为的主人开始。拥有积极乐观的思维并付诸相应的行动，让自信在不偏不倚的自爱中获得对自己的宽宏，用平和的心境滋养自己的心灵。

爱自己，就必须善待自己，认识到自己是一个有着自尊心的综合体。只有这样，才能保持自己不虚荣、不贪婪、不傲慢、不自命不凡的本色，才能保持自己的身心健康。在工作和生活中，你与自己之间保持的这种快乐的感觉，也能折射到你与他人的身上。生活是一面镜子，你以什么样的态度对待别人，别人也会以什么样的态度对待你，你懂得了欣赏自己，便会明白如何去欣赏别人。即使生活中碰到一些自己看不惯的人，遇到一些看不惯的事，也能懂得原谅的意义。努力去改变别人有时会费力不讨好，而适当地转变自己的思想才是根本，也不用费多大力气。

与其说这也是做人的一种宽容大度，倒不如说这是一种专心做好自己或者保护好自己的一种方法。掌握了保护自己的方法之后，也会悟出"防人之心不可无，害人之心不可有"的道理，也许这就是推己及人的真谛。做好自己，与他人无关，无须刻意地逢迎取悦他人，看别人脸色说话和行事，有意去黯淡自己的光彩。也无须费心地揣摩别人的心志，让自己生活在别人的态度和眼光里，找不到自己的路。凡事要有自己的真见识，做到心安就好。人生，只有用快乐的眼光看待生活，才会发现和体会生命中的许多美好，其实一直都在自己的身边。

哲学家邱斯顿说："天使之所以能够飞翔，是因为他们有着轻盈的人生态度。"拥有淡然的心境，能让你正确地看待自己人生中的得与失，卸下许多不必要的精神负担、忧郁、烦恼和焦虑，既不会为"得不到"而愤愤，也不会为"已失去"而伤感，从而让自己始终无法释怀，无心感受生活的美好。毕竟金钱、物质、地位不是人生的全部，而精神生活的丰富，才是真正能够滋养人心灵的灵丹妙药，所谓"非淡泊无以明志，宁静无以致远"。得之泰然，不惊不喜；处之淡然，不悲不怒。

但淡然不是让人得过且过，对什么都无所谓，对什么都没了兴趣，而是不要把得失看得过于重要。古人云："大丈夫行事但求无愧于心。"无论从事什么职业，无论承担什么样的责任，都应该对得起自己的良知，做到无愧于心。

"谋事在人，成事在天"，尽管努力了，也奋斗了，但不一定事事都能圆满。"月有阴晴圆缺"，这也是千古不易的自然规律，我们需要做的，就是在做事的过程中保持一份淡定、从容，不错过自己人生路上的每一道风景，真正用心去感知属于自己的所有美好。

人可以没有名利，也可以没有多少金钱，但一定要有一个好的心情，这点非常重要。当你靠自己内心的温暖，找到精神上的长久驻足之地时，蓦然回首就会发现，原来"此心安处是吾乡"。只要心安了就有了支点，无论在城市还是在农村，无论身处顺境还是逆境，无论贫穷还是富有，就都能够随遇而安，处之安然了。

第九编　迎接新的阳光和希望

把时间留给值得的事

人的一生，真正拥有而且极度需要的只有时间。庄子曾感叹："人生天地间，若白驹过隙，忽然而已。"莎士比亚也说："时间是无声的脚步，是不会因为我们有许多事情要处理而稍停片刻的。"

人生有太多有价值、有意义的事可做，如果日复一日、年复一年，花费自己大量的时间和精力去做一些没有意义的事情，在这浪费一点时间，在那耗费一点精力，久而久之，自己的人生也将会贬值。整天纠缠于烂人烂事中的那些人，在犹豫中一点一点消耗掉了自己的宝贵时间，也失去了本可以使自己变得更好的机会。其实，浪费时间比浪费金钱还要可惜，金钱失去了还可以想办法再赚回来，而时间是永远回不来的。只有把最优的精力、最宝贵的时间用在做正确的事、值得做的事上，才会增值你的每一分、每一秒。

时间如此宝贵，明智而节俭的人，都懂得"一寸光阴一寸金"。他们会把自己点滴的时间看成是浪费不起的珍贵财富，绝不会在工作时间去海阔天空地谈一些与本职工作无关的闲话，因为妨碍别人的工作，也等于浪费别人的生命。他们也不会把自己宝贵的时间分散到一些烂人烂事的纠缠之中，不会因旁人的看法患得患失，唯有专心致志地去做值得做的事。

人生一场，我们总会遇到令自己讨厌的人，让自己不开心的事。那些有正事做的人，可以让自己及时地抽身，从一些负能量中脱离出来，不会把过多的时间浪费在无聊的事情上，也不至于被其所累。要学会干净自己的朋友圈子，离太闲的人远一点，张家长李家短的闲话，只有闲人们才会津津乐道。

人生的成本就是时间的成本，真正优秀的人，非常明白自己真正想要的到底是什么，所以才会心无旁骛地把时间用在有价值的、有利于实现自己个人目标的事上来。要想在有限的时间里做出数倍或数十倍高效率的事情，就要学会抓住重点，机智而果断地拒绝不必要的事和次要的事，并保持良好的情绪，集中精力专注于重要的事情。如果把大把的时间花在急迫但不重要的事务上，虽然整天在忙忙碌碌也不会有太大收获。

当今社会，物质生活极大丰富，信息量与日俱增，人们思想也变得越来越复杂，考虑问题似乎也越来越周全、越细致。做人做事如果过于含蓄，说话过于兜圈子、绕弯子，做事磨磨蹭蹭，则会大大增加时间成本。比如，研究一个问题，开了半天会，大家都在运用政治家的外交手腕议事，或含蓄而固执地争执来争执去，最终什么问题也解决不了，反而耽误了大家的许多时间，走了更多的弯路。简洁高效是提高工作效率、确保工作质量的有效途径之一。

当你刚踏入社会的时候，浑身充满了干劲，可能会把大量的时间和精力用在干事创业上。尽管你每天都觉得时间不够用，但还是要学会每天给自己留出一定的时间，让高速运转的身心，能够暂时得到缓解，得到放松和修养；同时，问一问自己一天下来，什么事是值得做的，什么事做得还不够好，或者浪费了时间。如果只顾着忙事业，到最后连命都顾不上了，那就太得不偿失了。

在人生匆匆的岁月中，要珍惜自己的宝贵时间，把时间用在值得的事上，同时又劳逸结合，就会在人生中做出许多有意义、有价值的事来。

避免无谓的争论

每个人的思想、观念、学识、见识、修养不同，对同一事物、同一问题的看法与评价也各不相同。在人际交往中，这种认识程度的差异，可能会转化为人与人之间的争论或矛盾，尤其是与自己的家人、朋友、同事之间，最容易产生观念之争。

有些人在与别人相处或者谈论工作的时候，总是喜欢与别人争个高低。在一些小事上也斤斤计较，与别人争执不休，非要论出个是非曲直来，借以证明自己的观点和看法是正确的。有时只顾阐述自己的观点，而忽略耐心诚意地听取别人的意见。一旦别人不认同自己的观点，就会很恼火。

争论的目的是为了说服对方，改变对方的意见和行为。有的争论是没有赢家的。比如，亲人之间争对错，容易伤害感情，更会让彼此产生隔阂，甚至导致"分道扬镳"的结局；朋友之间争对错，仅仅为了嘴边的胜利，得罪了朋友，失去了友情，也少了一位可以让自己倾吐心事的朋友；同事之间争对错，不但不利于问题的解决，只会让彼此心生闷气，还伤了和气，失去了合作伙伴。有时，善意的争执也有可能上升为有针对性的争论，双方站在各自的立场上，就会对于对方的观点不加分析，而是一味地表述自己的看法，甚至互相揭短，最终闹得不可开交。

争执是一种两败俱伤的事情，到头来谁都得不到好处。因为争执的目标很明确，每一方都以为对方为"敌"，试图把自己的观念强加给对方。即使你通过争论达到了胜利的目的，或者也使对方哑口无言，但你使对方颜面扫地的同时，也永远不可能得到对方的好感了，也许自己的内心也不会平静。当双方各执己见，观点无法统一的时候，最好暂时把不同的看法先搁置下来，等双方较冷静时再去辨明真伪、论出对错。

善于听取别人意见的人，一般情况下是不会轻易与人发生争执的。人们常说，大事讲原则，小事讲风格。遇事学会换位思考，站在对方的角度去考虑问题，设身处地地理解、照顾对方的情绪，在考虑自己的时候也兼顾别人的利益和感受，那么人与人之间就不会有那么多的争论了，所有的复杂问题也会变得简单起来。这样不仅自己心情舒畅，毫无怨念，也会让周围的人感受到愉快、和谐的工作和生活氛围。

无论自己的意见或看法与对方的意见或看法有多大的不同，都不要表现出一种不可商量的姿态。把自己的意见看成是绝对正确的，好像这样就是无形中保全了自己的面子，守住了自己的立场。人是有尊严的，都希望自己被尊重，一旦拿捏不住其中的尺度，就很容易伤了别人的自尊心，使人心生怨恨。

工作和生活中，除了原则问题必须坚持外，对个人的小事和一些利益，有时需要适当主动地谦让。谦让是懂得尊重别人、包容别人，是一种博大的胸怀，也是一种智慧，能够为你赢得广泛的尊重。所谓谦虚礼让、敬人敬己说的也是这个道理。

坚持的力量

在岁月的长河里，总会遇到令人非常难熬的某个阶段，这个时候，最能考验一个人的恒心、耐力和意志力。每到关键时刻，只要不忘初心，竭尽全力地坚持下去，终会迎来柳暗花明的那一天。如果总是犹豫不决、止步不前，或者半途而废，那就永远也不可能有成功的机会了。

一个下定了决心就不再动摇的人，无形中最能给人一种最可靠的保证，给人一种充分的信任感。不管经历多少次磨难与考验，他都能够始终保持坚韧不拔的忍耐力，坚持不懈、锲而不舍。只有秉持着这份坚持，才能换来成功的人生。事业如此，德业亦如此。

"精诚所至，金石为开。"这句古训告诉我们，无论做任何事，事先应该明确正确的奋斗目标。一旦目标明确下来，就要一心一意、一步一个脚印地坚持到底，不达目的决不罢休。这也是求真务实的必备要素。反之，对自己已经作出的选择，前怕狼后怕虎，或一遇到艰难困苦就打退堂鼓，最终就只能眼睁睁地看着机遇从自己的身边溜走。毕竟一心一意与三心二意的结果有着天壤之别。

人没有高低贵贱之分，从事的职业也没有高尚和卑微之别，每个人的心里都有一个执着的愿望，都在各自的工作岗位上做着对自己、对社会有意义的事。在当今这个竞争越来越激烈的社会，有竞争，就必然有压力，没有哪一种成功是一蹴而就的。如果想过上自己想要的生活，就必须承受生存与竞争所带来的各种各样的压力，就要耐心地不断增长自己的学识和能力，默默辛劳地去努力着，并坚持到底。

"行百里者半九十。"也许，选择自己热爱的事业比较容易，但坚持去适应、去挑战、去超越、去创造，勇敢地、义无反顾地坚持下去，为自己热爱的事业奋斗到底，却不是一件容易的事情。这需要坚韧不拔的毅力、排除干扰的耐力和坚贞不变的气质，在一步步的历程中需要坚持下去的力量，需要耐力和锲而不舍的精神，才能慢慢地接近成功。荀子在《劝学》中写道："锲而不舍，金石可镂；锲而舍之，朽木不折。"说的就是这个道理。

拥有耐力和恒心，虽然不一定使你事事都能成功，但绝不会让你事事都失败。行进在自己选择的正确道路上，只要坚持下去，就已经是在一步一步地接近目标终点了。如果半路放弃，那就意味着前功尽弃，即使找到新的开始，也会使你更加迷失。

坚持不懈的一个基本要求就是，长时间坚持自己的追求。有坚强的定力，就不会因外界的干扰和他人的评价而有所动摇，轻易降低对自我的期待。善于运用积极的心理暗示，往往能起到良好的自我鼓励作用，遇到困难和挫折也能迎刃而解，即使前景不太明朗，也依然能够使你义无反顾地坚持下去。有了足够的自信，就没有任何人能让你变得被动和无助了，使你放弃或改变追求自己梦想的意愿。

做任何事，是否不达目的不罢休，是检验一个人品格的一种标准。但假如这种坚持毫无结果，也就是无谓的、无意义坚持，或者说到了透支自己的体力、脑力和能力的时候，那这个坚持真的就没有必要了，还不如趁早放手。

　　累了，就停下来，因为很多情况下，并不是你努力就可以达到的目标。有些时候，对人生、对事业的追求，只要按照自己所能承载的度去达到自己人生的最高点，就可以今生无憾了。要倾听自己内心的召唤，免得过分的坚持导致更大的损失和浪费。

每个人都是独一无二的风景

漫漫人生路，没有谁能够自始至终都一帆风顺，都难免会遭遇一些无法改变却让你遗憾的事，但你仍然可以有所选择。只要对自己充满自信，就能在内心进行自由的创造。不管面对怎样的困难、怎样的竞争，你都会相信自己的能力，相信自己的判断和决策，从而淡定从容地向着自己的理想目标前行。

每个人都有自卑情结，有时自卑也会在不经意间就闯进你的内心世界，控制着你的生活，尤其是在你有所决定、有所取舍的时候，它可能会使你变得懦弱、畏怯，表现出勇气不足。当一个人被自卑环绕的时候，往往会把自己放在低人一等的位置上，垂头丧气、唉声叹气，甚至觉得自己一无是处或者窝囊至极。

其实，每一个人都有自己的长处，都是自己独一无二的风景。人的潜力是无限的，如果人人都能像挖掘宝藏一样挖掘自身的潜力，那就一定能做出超出别人，甚至其本人预料的事情，也能过上别人无法想象的美好生活。情商高的人，无论面对怎样的人生际遇，都能自信而为，相信自己的能力，知道什么是自己能够做得到的，从而努力排除各种障碍，克服种种困难，去争取最后胜利。

人生就是一个不断努力、不断拼搏的过程。只有不懈的努力奋斗，才能使自己感受到活着的意义，才能促使你去尝试和完成现实生活中许多意想不到的事情。其实，命运永远掌握在自己手里，只要相信自己，做到事事尽心尽力，成功的可能性就会大大增加。在这个复杂的社会中，相信自信心的力量，给自己一个努力的方向，发现自我，保持自我，超越自我，就能充满自信地向理想的目标迈出坚定的步伐。即使道路上荆棘密布，即使无人喝彩，也要自我鼓励，为自己的努力而鼓掌。

当然，每个人都有自己的活法，最可怕的不是"山外有山"，而是"人外有人"中那些人们依然还在努力着，而你却一经挫折，就没了自信，半途而废。要知道现实本来就很残酷，人生就是得靠自己的不屈不挠和奋力进取，要相信自己肯定能行！否则，你就只能仰视别人，终将默默无闻了。

拥有了"天生我材必有用"的自信，明白自己立于世，必定有不同于别人的特长，为自己的努力拼搏，奠定坚实的基础。但这需要的不是一般的努力，而是要非常的努力。面对许多许多不确定的因素，坚守自己的理想和信念不动摇，虽然过程会很艰辛，但等你努力过后就会发现，你的付出也许是值得的！那些事业成功人士，也不是生来就自信的，在奋斗的过程中也不是没有感到过恐惧、感到过忧虑，也有过不自信的时候，但他们能够在不断的磨炼中，不断提升自己的自信。在充分了解自己，认识自己，根据自身的条件和所处的现实环境，使自己的长处得到充分的发挥，从而能够更好地利用自信。一旦自信的力量推动你去思考、去创造、去行动，最终你一定能够取得事业的成功。

适时清空心灵的负累

人的一生，注定要经历很多。在不断追求和进取的过程中，委屈的泪水、茫然的取舍、消极的抱怨、失败的警醒、一时的成功或阶段性胜利时的喜悦……每一段的经历都弥足珍贵。但这些所谓"成功"的附属品，都将会驻存在你心灵的某个角落，使你的心境变得日益浑浊沧桑，心地积满污浊的沉淀。时间久了，你便会有一种越来越累的感觉。拥有的东西越多，负担就越多；想要的东西越多，心灵的负累就越重。好像背着的行囊，放进去的东西越多，就会负重前行，以致行走起来越来越吃力，心境也越来越不明朗。

高速运转的工作和生活节奏，让你长期处于一种高度的紧张状态，自己的心灵也会被太多的"垃圾信息"填满。每隔一段时间，烦躁、焦虑、茫然、彷徨、忧郁等负面情绪总是萦绕于心，时常跳蹿出来影响着你的心情。当心灵的负载积攒到一定程度，就有可能一触即发，令你暴跳如雷、怒发冲冠，既伤害身边人，对自己也很不利。如果适时把自己"归零"，重新面对自己，面对纷繁复杂的大千世界，你就能保持一种身心的轻松和洁净，保持一种从容的心态。

适时清空"心灵"的负累，是心量扩容的最好方法。人生在世，每个人都不可避免地要经历风风雨雨、沟沟坎坎，有所得也必然会有所失，有喜也有忧，有顺境也有逆境。顺境时，你也许会在不知不觉中有一种飘飘然的感觉，不思进取，或者拿过去的成绩和荣誉吹嘘炫耀。适时清空曾经成功的沾沾自喜，可以戒骄戒躁、虚怀若谷、闻过则喜，永远保持进取的姿态，让好的不迷惑现在。逆境时，凡是思维经过的地方，难免会有一些烦恼、浮躁、忧虑、悲伤等负面情绪吸附在心灵的某个角落，有的只是一瞬间，有的却顽固成永恒，日积月累，心灵的空间就会被长期积攒的情绪"垃圾"填满。适时清空个人的恩怨，清空伤害带来的阴影，可以摆脱烦恼和忧伤的纠缠，让坏的思绪不影响自己未来。

避苦求乐是人性的自然，多苦少乐是人性的必然，能苦能乐是人生的坦然，化苦为乐是智者的超然。你虽然不能把握自己生命的长度、自己命运的沉浮，但求得一份快乐的心境也不是很难的，关键看你如何选择。面对日新月异的世界，不断清空心灵的负累，清除心灵的雾霾，为心灵腾出本来拥有的空间，用于存储经验、关怀、爱心、友谊等美好的事情，汲取新的营养滋养心灵，从而简单快乐地生活着。

瑞典心理学家拉尔森曾说："心理存在'毒素'的人永远不会感觉到生活的美好，而排除'毒素'的最好的方法就是学会遗忘。"是的，我们也应当学会忘记，忘记一些烦琐，给自己的心灵减负；忘记那些惆怅，丢掉早已成为负累的旧物；忘记一段凄美，腾出时间和精力去把握和珍惜当下真正拥有的幸福。有时，学会忘记，能使你怀着希望去追寻前方更加美好的东西；能使你抓起有利于自己发展的新事物，从而不断焕发新的高度的事业心和责任感，奋发进取。积极学习新事物，适应新环境，迎接新挑战，创造新成果，迎接新的阳光和幸福。

用心做好自己

　　用心做好自己，就是要正确认识自己，客观分析自己，不偏不倚摆正自己，做正确的事并正确地做事，尽自己应尽的责任，通过努力活出自己的精彩。

　　现代社会中，在急功近利的环境和意识操纵下，人们难免会有一点功利心，有时也会过于在意社会的评价和他人的看法，对自己不能有一个清醒的认识，有时可能还会质疑自己。在这种情况下，如果不加思索地"随大流"而为，人云亦云、随波逐流，用别人的坐标系来确定自己的位置，就有可能会迷失自己。凌云老先生说得好：无论你多么真诚，遇到疑心重的人，你就是谎言。无论你多么单纯，遇到复杂的人，你就是有心计。无论你多么专业，遇到不懂行的人，你就是毫无价值。最重要的是，做好你自己。

　　那些成熟的人，并不是不在乎社会和别人的评价，而是在征求别人意见建议或听到社会和别人评价的时候，对自己有一个清醒的认识。他们判断事物以事实为依据，做人有主见，有充分的自信，不轻而易举地听从他人的意见而改变自己的主张，更不会因别人的评价而使自己无所适从，甚至自卑或自贬。他们能坦然面对自己的错误并尽快予以弥补，有则改之，无则加勉。他们在什么位置，就做好自己的本分，不会出于维护"面子"或自己的威信，找理由推卸责任，或者欲盖弥彰。

著名作家余秋雨说:"成熟是一种明亮而不刺目的光辉,一种圆润而不腻耳的音乐,一种不再需要对别人察言观色的从容,一种终于停止向四周申诉求告的大气,一种不理会喧闹的微笑,一种洗刷了偏激的淡泊,一种无须声张的厚实,一种并不陡峭的高度。"真正的成熟是一种心智的成熟。心智成熟的人,一般拥有较强的心理承受能力和环境适应能力。他们能够从容地应对各种复杂的社会环境,不困于是非之中,不抱怨,不解释,并使自己的真性情与社会环境兼容。他们善于独立思考,善于自我反省,善于自我完善,坚守自己的价值判断和人生选择,追求真实的荣誉,发挥自己最大潜能,实现自己的人生价值。

虽然,我们无法照顾到每个人的情绪与看法,只有做好自己,才算无愧于心。

与别人攀比，不如与自己赛跑

山外有山，人外有人。人比人，累死人，也气死人。

有些人喜欢与人攀比，对于不如自己的人，常常会产生比较强烈的优越感，有时还会产生骄傲之心；对于比自己强的人，往往会产生羡慕心理，有时还会产生自卑、妒忌、失落等消极情绪。

一个人总在仰望和羡慕别人的幸福，却没有发现自己也在被别人仰望和羡慕着。其实，幸福这座山，原本就没有顶、没有头，如果刻意地关注别人最风光的一面，太过关注自己缺失的东西，就会对自己所拥有的幸福视而不见，觉得上天对自己不公，也会给自己带来许多迷茫和困惑。

只要用心体会，就会时刻感受到身边的幸福。辛苦工作一天回家后一桌香喷喷的饭菜；失意时知心朋友一句贴心的安慰或谆谆的教诲；一卷在手，品茗读书时感受到的心灵的愉悦；与家人外出旅游时、赏析古诗词时……其实，绝大多数的幸福是朴素的，只是常常被自己忽略，就像"不识庐山真面目，只缘身在此山中"一样。

很多时候，你没有从别人的世界走过，对别人风光背后隐藏着的那些无奈、缺憾、辛酸、苦楚没有一个客观的了解。如果盲目地、没有针对性地与别人攀比，不仅没有任何意义，而且还会大大降低自己的幸福指数。人生就像一场马拉松，行进途中，难免会有比自己跑得快的人。与其刻意关注别人的进度，乱了自己的步调，不如把更多的时间和精力放在自己身上，与自己赛跑，那么你向着目标前行的步调，就会变得更加轻松自在。

其实，别人的好与坏、强与弱对自己不会造成任何影响，如果你过于关注别人的"好"与"强"，把宝贵的时间和精力浪费在别人身上，就有可能被那些无益的东西扰乱自己的心智，从而劳心费神地苦思冥想、去羡慕去嫉妒别人，甚至苛责自己。所以，"与其临渊羡鱼，不如退而织网"。

与自己赛跑，就要善于与不同阶段的自己做比较。正确地与自己做比较，比盲目地与别人攀比更有意义得多。只要与自己做比较，才能彻悟自己，既知道自己的优势，也知道自己的不足，并能看到自己改进的空间和前进方向。

在人生的赛场上，超越自我，永远是唯一赢回自己的方法。把时间和精力放在自己喜欢做的事情上，并不断超越自我，更好地改造自己，充分发挥内在的潜能，才能不断创造属于自己的成功和幸福。

无论何时，都不要站在原地傻傻地眺望别人的背影，只要足够努力，你自己也会超越别人，并比别人拥有得更多。要学会欣赏，欣赏自己的开朗自信，欣赏自己的聪慧大方，欣赏自己的平凡平静平常心，欣赏自己的独一无二。虽然，有不少人值得自己欣赏，但最应该欣赏的还应该是自己。

不要把误会搁置太久

人与人之间，思想需要沟通，工作需要沟通，情感需要沟通，心灵需要沟通，沟通是一种十分重要的能力。一个不善于沟通的人，很难有良好的人际关系，个人在社会中也难以生存和发展。

人与人之间，由于观念不同，文化背景不同，价值观的不同，在沟通和交流过程中，如果不掌握一些沟通技巧，拥有良好的沟通品质，就不会有好的沟通效果，也许还会产生隔阂、疏离甚至产生误会。比如，一番话语、一个举动或者一个眼神，也许你出于无意，说不定就会引起对方对你产生不满或者不必要的猜忌，阻碍你与他人之间友好地交往下去。

一般情况下，误会多半是由于双方缺乏了解、缺少耐心、缺乏理性思考、缺乏理解造成的。当误会产生的时候，人们总是习惯于首先想到对方的千错万否，起心动念也总是习惯于琢磨自己的种种委屈。而一个小小的无情的误解，也许就能纷乱了你幸福的脚步。有些误解，即使后来是与非终于明了，彼此的心结终于用代价打开的时候，一切也许早已经没有了重新开始的机会。

朋友或同事之间，在不了解真相的情况下，一切凭主观臆断而妄下的结论，特别是在带有某种倾向性的情绪时，最容易使你对对方产生种种误解。所以，在事情不明了或一时难以得出正确的判断之前，最好暂时把事情先放一放，把注意力暂时转移到别的事情上去。切忌不问青红皂白就下意识地滥用"指责"或"责难"的权利，使对方的自尊心受到伤害。即使对方有无意之过，也要以委婉的方式与对方沟通，巧妙地暗示对方注意自己的错误。这样做，不仅可以彰显你做人的品位与修养，也会使对方认真地改正自己的错误，更会对你心存感激。

人与人之间，一旦产生了误会，如果不进行有效的积极的沟通，及时解释清楚，消除隔阂，将会造成许多令人扼腕叹息的遗憾，甚至是悲剧。无论是亲人、朋友、同事的长期相处，彼此之间因大量的交集而产生互动与沟通，产生一些误解也在所难免。其实，即便产生了误解也并不是一件多么复杂而难以解决的问题，只要不把误会搁置太久，使本来很简单的一个问题变得复杂化或扩大化，心灵之间的那堵隔阂之墙就不会越垒越厚，那么误会自然而然就会烟消云散。及时坦诚地把自己的真实心愿向对方解释清楚，赢得对方的信任，引起思想和情感的更深层次的交流，有时还会加深彼此间了解，增进彼此间友谊。

人与人之间良好的沟通，建立在互相尊重的基础上，真诚友好地沟通、交流才能有好的效果。如果不自觉或不经意地流露出某种优越感，不征求对方意见就对对方的行为进行随意安排或左右，或随意打断对方的谈话，表现出对交流对象的轻视或怠慢，往往会招致别人的反感，或者使自己陷入窘迫之境，甚至使自己丧失许多好的机会。

在沟通过程中，学会倾听至关重要，不同的倾听会产生不同的效果。如果能够站在对方的角度，用心去倾听，一般能够达到良好的沟通效果；如果只对自己感兴趣的话题和自己关心的事情有选择性地去倾听，往往比较容易产生误解。所以，如果想与别人进行很好的沟通，最好要与对方进行同步的理解与沟通。

云水飘过，向昔日作别

——2018 年岁末感怀

花有再开日，人无再少年。

岁月荏苒，暮去朝来，转瞬间，2018 年即将成为永远的过去。此刻，与往日一一告别，将过往的一切释怀。新年新始新征程，用期待与美好去迎接未来。

每一段时光都异常珍贵，都值得珍惜，因为里面藏着自己美好的经历。在看似平淡的日子里，自己热爱过、追求过、努力过、奉献过。虽然收获的不都是成功与欢笑，也体会过失败的滋味和泪水的苦涩。但有些事，唯有努力一把才知道成绩，唯有奋斗一下才知道自己的潜能，唯有睿智一点才知道自己真正想要的是什么。只要有情有爱有亲人，所有的奔波和忙碌都是一种幸福；只要播洒过汗水和希望，生命就会有价值。

随着年龄增长，应该学会完善自己的个性，养成良好的学习习惯、生活习惯、工作习惯。做好自己该做的事，全心全意履行好该履行的责任，而非只做喜欢的事，或轻易放弃自己的担当。其实我们每个人都明白，是工作就要有责任，是责任就要有担当，有担当就要付出心血、付出劳动、付出代价。这也意味着自身的立命之本——信誉与尊严。走过流年的山高水长，珍惜身边的幸福，欣赏自己的拥有，坚定自己的信念。以仁爱之心善待生命中遇到的每一份最真实的温暖，以赤子之情回报组织赋予的每一份使命担当。

阴晴圆缺皆是明月，云淡风轻尽满美景。人生中经过的每个人，或温暖，或凉薄，都应感恩于一场交集的缘分；经历的每件事，或喜或悲，都是一次洗礼，都是一次岁月的历练。春风得意的时候，切忌张扬骄傲，淡定从容一些，没有人能永远一帆风顺；遭受别人的不看好或挤兑的时候，不必辩解讨好，云淡风轻一笑，用时间来证明自己。做个不算糊涂的人，明了一些善意的委婉，也会发现流动风景的美丽。时间是一切生命哲学的定理，羁绊与遗憾都将散落尘埃。面对凄风苦雨，想开了就是天堂，想不开就是地狱。

学会欣赏别人的优点，不嘲笑他人的努力，不轻视他人的成绩。每个人都有自己的性格和观点，不要苛求别人的观点与你相同，不以自己的眼光和认知去评论别人，去判断一件事的对错。多一分理解就会少一些误会，多一分包容就会少一些纷争。生活不是战场，无须一较高下。

凡事有所求而有所不求，有所为而有所不为，不刻意掩饰自己，不势利逢迎他人，只做一个简单真实的自己，保持心灵的纯净。背不动的就放下，伤不起的就看淡，想不通的就丢开，恨不过的就抚平。不用无谓的烦恼，作践自己，伤害岁月。

淡看流年烟火，细品静好人生。花淡故雅，水淡故纯，人淡故真。做人需淡，不争、不谄、不艳、不俗。该来的自然来，会走的留不住。淡定，故不伤；淡然，故不恼。那些表面上看似与自己未来的幸福有关系的，也未必能真正给自己带来幸福和快乐。只有平和的心态才是最为真实可靠的，随缘才是最好的生活。

"生活也好，自由也好，都要天天去赢取，才有资格拥有它。"每一天醒来，做着自己该做并且喜欢做的事情；每一段闲暇，陪着自己该陪并且珍爱的人。侍奉一些爱好情趣，品茶捧书的雅致，供养心灵与思想。不贪求事事皆如人意，不奢念所有想要的都得以圆满。只要生命中的每分每秒，都不曾浪费不曾虚度便好。把宝贵的时间还给自己，还给快乐，还给最好的自己。

第十编　好人品是一生最宝贵的财富

诚信是做人最硬的底牌

"信"是中华民族文化的精华部分，老子、孔子、孟子都曾经宣扬"信"对一个人乃至一个国家的重要性。这里所说的"信"即诚信，也就是对他人守信，对自己守信，对自己所做的事守信。作为中华民族的传统美德，诚信不仅是一个人最基本的道德操守，也是一个人为人处事最重要的资本。

人无信不立。诚信，不仅仅是一个人的社交技巧问题，更是一个人做人的原则问题，它与虚假、虚伪、狡诈、欺骗是天生的冤家、死对头。诚信是一种无形的资本，不可能一蹴而就，需要以自己长久的实际行动来证明自己的作风、态度、人格。也就是说，要在日常的工作和生活中，对自己所做的每一件事、所说的每一句话都要做到言行一致、信守承诺，久而久之，在别人的眼里你就是一个讲诚信的人，人们也会从内心敬重你、佩服你，从而更加信任你。

诚信是一扇由内而外打开的大门，意味着一个人必须承担别人信任自己的责任。那些坚持原则、光明正大、清廉正直、待人诚恳的人最容易赢得别人信赖。但诚信也是最挥霍不起的。一个人如果不讲诚信，仅仅一次，就有可能永远失去别人对你的信任。所以，有人说，信任仿佛是一种有生命的感觉，一旦失去，将不复存在。

职场中总会遇到一些不讲诚信的人，有的不仅对他人信口开河，对他人的言行举止也时刻心存疑虑；有的嘴上说得好听，却对该做的事拖着不做；有的总是喜欢开"空头支票"。这样的人，让人不放心，时间长了，就会失去别人对他的信任感，也不会放心地将某些重任交付与他了。所以，不要怪领导看不到自己的才华和能力，也许是自己的言而无信害了自己，使自己的不负责任误了自己。

人不诚无交。人们都愿意跟重诚信的人交朋友。重诚信之人，会对与自己交往或共事的人负责，说真话，做实事，不说谎、不利用、不口是心非，更不欺骗、不背叛。而与不重诚信的人交友或共事时间长了，朋友或同事自然会疏远他，也会失去朋友、失去人缘。俗话说："天下没有揭不穿的谎言。"朋友之间相处、同事之间合作，如果使用虚伪的手段迷惑地方，自以为很聪明、很高明，把别人的真诚视同儿戏玩弄，把别人都当成傻子，最终他也会被自己的言行所戏弄！

心不诚无品。心诚之人，能够忠诚地对待自己的理想，真诚地对待自己的学业和事业，真心实意地对待自己的家人、朋友等身边人，也能够真心地对待自己。一个人只要心诚，就会认真地做好每一件事，甚至可能还会创造奇迹。即使遇到困难和挫折，也能取得最后的成功。心不诚的人，谎话连篇、口是心非，做事敷衍了事、要小聪明。正如南怀瑾先生说的那样："花言巧语不绝于耳，三十六计满天飞，心灵注水比猪肉还要多。"这样的人，人品低劣，一旦被识破，说话很难有人信，做事也无人认同，有难更是无人愿帮，甚至遭人唾而弃之。

业无信不兴。诚信是企业的生命，讲诚信就能赢得市场和客户，就能产生巨大的经济效益和社会效益。经商办企业如果不能把诚信当作事业的资本，那就什么事业也做不长久。李嘉诚从学徒工成为华人首富离不开诚信，最终就是靠信誉实现"诚招天下客，利从誉中来"的。如果信用出了问题，损失了信誉，永远也不能成为一个成功的企业家。

诚信决定了一个人立身处世的根基，是做人最硬的底牌。

高尚的人格是拥有美好人生的资本

　　人，最珍贵的是生命，比生命更珍贵的是人格。

　　人格是个人的道德品质，也是个人的性格、气质、能力等特征的总和。高尚的人格品德主要表现在：正直善良、乐观自信、胸怀坦荡、诚实守信、平易近人等等，高尚的人格魅力能弘扬正气，并激发出感染别人的力量。人格一旦破损，再想去维护它，去保持它，则需要非常强大的力量和一个漫长的过程。

　　高尚的人格是人的灵魂。伏尔泰曾说："造就政治家，绝不是超凡出众的洞察力，而是他们的人格。"敬爱的周恩来总理的人格魅力令世人景仰！1976 年 1 月 8 日，周恩来总理逝世。9 日凌晨 5 点，联合国总部大厅的联合国大旗降半旗致哀，所有联合国会员国的国旗都不升起，这在联合国从无先例。因此，有的国家大使提出质问：我们国家的元首去世，联合国大旗依然升得那么高，中国总理去世，联合国降半旗还不算，还把其他国家的国旗收起来，这是为什么？当时的联合国秘书长瓦尔德海姆说："为了悼念周恩来，联合国下半旗，这是我们的决定。原因有二：一是中国是个文明古国，她的金银财宝多得不计其数。可是她的总理周恩来在国际银行没有一分钱存款！二是中国有 10 亿人，可她的总理周恩来没有一个孩子！你们任何一个国家元首，如能做到其中一条，在他去世时，总部也可以为他降半旗。"

高尚是相对于人的尊严来说的，每个人都有尊严，人的尊严是神圣不可侵犯的。只有充分自尊的人才能成为一个高尚的人，才会拥有立足于社会的精神力量。高尚的人格既自尊自爱，也平等地尊重每一个人，无论他的社会地位多高多低、财力多大多寡。他们也绝不会谄媚逢迎、低三下四，看别人眼色行事，更不会随意贬低他人的人格，轻视他人的尊严。一个人如果热衷于不择手段地追名逐利，在失去自己做人的从容的同时，也必将失去自己的人格与尊严。人品低劣、人格缺失的人，总是费尽心思地去算计别人，在他们热情关切与温和笑容的伪装背后，更多的则是对别人的讽刺挖苦和伤害。一旦遇到这样的人，只要他还想拥有做人的尊严的话，也要给他一个审视自己心灵、完善自己缺失人格的机会，不要对其一棒子打死。

人格不仅是一个人内在的修养，还需要其外在的标度。在人的各种行为中，真诚、善良、诚信、正直最为可贵，也最被看重。为人真诚，在人格、尊严等方面，与他人进行平等的无差异的沟通交流，必将获得更多的尊重、信任与信赖；与人为善，是一种蕴藏在人内心深处的珍贵的情感，是对自己行为的一种负责，是健全人格的一种体现；讲诚信是一个人对自己人格最大的尊重，值得信任、值得托付的人，不论何时都能赢得他人的尊重。如果你不信任一个人的人格，也就很难再安心地与他共事、与他交往或对他倾诉你的肺腑之言；为人正直，对自己要求严格，不谋私，不贪利，不文过饰非，不隐瞒自己的观点，不偷奸耍滑，对待工作和事业，敢于主持公道，也敢于伸张正义……

彰显人格的力量，不是凭一年之意、一时之举就能显现的，关键在于持之以恒，要靠不断地积累和养成，只有积累到一定程度，才能合成人格的精神力量。无论做什么事，最忌讳的就是三天打鱼两天晒网。播下一种人格，收获一种命运。当你拥有了属于自己的人格力量，就等于拥有了自己事业发展和美好人生的资本。

如今，有些人即使文化水平、工作能力都比较高，但最终却没能拥有美好的人生。原因在于，他们的精神境界、道德修为、人格蓄养不够丰厚，做人如果失去了人格底蕴，做事没有原则和底线，就不可能赢得别人的尊重、信任和信赖。党员干部如果不重视人格的积累和养成，就不能贴近服众、激励近众、感召群众，就有可能失信于民，就不可能收获人民的感念和自己青史留名的灿烂人生。

好人品，是你一生最丰厚的资产

人品，即人的本性和品质，也可视为人的品牌，是评判一个人好坏的标准，是构筑一个人人生大厦的基石。好人品，由个体人的厚道、善良、诚实、守信、谦虚、正直、宽容等优秀品质构成，是一个人印制"高尚"二字的一张名片，它决定着一个人的生存能力、发展能力、创造能力和幸福能力，是一个人一生最丰厚的资产。

大千世界，芸芸众生，每个人在自己的每一天，都在有意无意地通过做人做事自然释放着自己的人品，经营着自己的品牌。在利益面前最能检验一个人的人品，在矛盾冲突面前最能暴露一个人的人品，在对待工作的态度上最能看出一个人的人品，在待人接物方面也最能看出一个人的人品。好人品，无论何时都能受到人们的尊重与信任，能为一个人以后的成功积累宝贵的资源。而人品低劣者，无论他智商有多高、能力有多强，终会被人嫌弃、鄙视，甚至唾弃。即使偶尔侥幸地获得成功也无法使人心悦诚服，也走不远、走不顺。

司马光在《资治通鉴》中说："才德全尽谓之圣人，才德兼亡谓之愚人，德胜才谓之君子，才胜德谓之小人。"有人对此理解为："德才兼备是精品（高尚），无德无才是废品（猥琐），有德无才是次品（平庸），有才无德是危险品（邪恶）。"从中不难看出，人品才是才华或能力的根基与向导，完美的人生来自于完美人品。在现代社会中，要想立身成事，就要不断地加强知识积累，加强品德修养和意志品质的磨炼，不断蓄养自己高尚的人格和深厚的修养。即使是普普通通的一个人，高尚的人格也会得到社会和他人的尊重，也会散发其人性的光辉，照亮自己的人生。

人品好的人，明善恶，辨是非，无论从事什么行业，都能给组织和社会创造出实用价值，越干越有正能量，即使能力稍微差一些，也会赢得组织和别人的信任。人品差的人，只顾一己私利，肆意妄为，如同商品市场的那些杂牌货、山寨货，可能会给组织和社会带来负面影响。人品差的人，其才华、能力越大，越能祸害人，越能给组织利益或组织形象造成巨大损害，尤其是那些手中握有一定权力者越能干出毁人"三观"的事，轻者误人子弟，重者误党误国。剖析党的十八大以来落马的贪官轨迹，无一例外，均是德不配位所致。

中华民族向来讲求修身立德，将修身立德视为做人做事的为官根本。特别是要求党员领导干部，在修身立德上要做一名德才兼备的"正品"干部。德才兼备也是千百年来全世界无数组织都遵循的价值观、人才观，二者缺一不可。现在，很多企业在用人上都秉持这样的原则：德才兼备，破格使用；有德无才，培养使用；有才无德，观察使用；无才无德，坚决不用。从某种意义上说，人品决定产品，产品决定品牌，如果不靠自己的人品立足于世间，贡献于社会，就不可能走上正道，更谈上有好的结果了。

好人品，是事业成功最重要、最可靠的资本，是职场人最核心的竞争力。要想获得事业成功，拥有高贵的人格魅力，就从做一个德才兼备的人开始吧。

看得透的人，处处是生机

星云大师说："看得破的人，处处是生机；看不破的人，处处是困境。拿得起的人，处处都是担当；拿不起的人，处处都是疏忽。放得下的人，处处都是大道；放不下的人，处处都是迷途。想得开的人，处处都是春天；想不开的人，处处都是凋枯。做何人，在自己；小自我，大天地。"

人生如此短暂，一个人再善养生也不过百年。生活在现代这个节奏日益加快、竞争日益激烈的社会里，人们的追求也越来越多，金钱、地位、功名、品味、美貌……想拥有的东西实在太多，内心往往就难以沉静，容易被浮躁、忧虑、纠结、焦虑、迷茫、失落、彷徨、懈怠、颓废等负面情绪所累所扰，难以感受得到生活的幸福和快乐。

生活在凡尘俗世中的你，或许也注定逃不脱俗事的纷扰。与其被物欲所困，不如在简单平凡的生活中，学会修心，以一颗淡泊之心处世。在有限的生命里，合理、有度地克制自己的物欲，坦然面对名利、诱惑、挫折、成败、荣辱、得失，逆境中不骄不躁、不愠不恼，凡事不冲动、不抱怨、不忧虑、不纠结、不悲观，一切随其自然、遵从本心，平平淡淡简简单单地活着，从容淡定地品尝生活。

一个人，可以通过学习不断增强自己的见识，可以通过经历不断丰富自己的阅历，虽然见识和阅历能够决定一个人的能力和水平，但生活中我们发现，决定成败的，不一定是一个人的能力和胆识，而是一个人的心态。当你患得患失、自怨自艾、瞻前顾后、畏首畏尾的时候，你所有的能力和水平、经验和技巧，都不可能得到最好的发挥。所以，在这个世界上，永远都不要过分地去相信技巧或手段，因为没有人可以摆脱环境而生存。而真正的输赢，不在于技巧和手段，而在于一个人的德行。

患得患失、自怨自艾是大忌。患得患失的人，做什么事情之前都要反复考虑，做完之后又放心不下，对方方面面的事情都要尽量地考虑周到，如有不妥，就很担心把事情办砸，担心别人对自己有不好的看法，并且极其看重个人的得失。这种人，整天神经兮兮，心中布满疑虑、惴惴不安，当然不会有轻松、愉快的生活。自怨自艾的人，凡事想不开，或爱往坏处想，芝麻绿豆大点的事，也能看得比磨盘还大，整天闷闷不乐。

心态淡泊的人，能够始终保持自己心灵的那份平静与毅力，凡事都能想开、看开、看淡，遇事也常往好处想。这样的人，在自己的人生中，没有什么事能够难得倒他、困得住他，尤其是在人生最难熬的那个阶段，都可以看作是一种对自己人生的一种历练，一种丰富，视为使自己内心变得越来越强大的机会。一个人，当他的心境足可以抵消外在的担心和恐惧的时候，就是真正的强者，其个人的能力和阅历也才能有更大发挥的空间。假如一个人的心境已经被来自外在的环境或者别人的评价挫败了，那他将一事无成。

"失之东隅，得之桑榆"，要正确看待自己的得与失。失去有时是一种痛苦，也是一种幸福，因为失去的同时也在得到。生活中有许多事情往往身不由己，看透了，就不再挽留逝去的事情，也不期盼分外的收获，更不计较琐碎的纠葛。得与失有时也总是在交错之中，对那些已经失去的，可存在记忆的脑幕上，也可以选择忘记，但一定不要选择背负。只有放下，才能回忆而不忧伤，憧憬而不妄想，才能走好今天，相信明天有风有雨，但终会有阳光。

无论发生任何事，与其患得患失、掂量来掂量去、瞻前顾后，不如想得开、看得开、放得下。当你用审视的眼光看待烦恼时，就会发现，其实能够束缚自己内心的不是别人，恰恰是你自己。一个人从小到大，已经经历了足够多的磨炼，要学会放自己一马，不要轻易禁锢自己的快乐。往前看，专注于新的人生挑战，也许会在不经意间，就会发现有无限的美好的可能在等着你。如果一味地杞人忧天或自寻烦恼，说明你的内敛功夫还没练到家，内心还不够强大，还不懂得运用内心的力量去化解自己的烦恼。

卡耐基说："如果我有着快乐的思想，我们就会快乐。如果我们有着凄惨的思想，我们就会凄惨。如果我们有着害怕的思想，我们就会害怕。如果我们有着不健康的思想，我们就会生病。"所以，与其胡思乱想，不如认认真真做好本职工作，坦坦荡荡真诚地对待身边人，不自傲、不自卑、不攀比、不羡慕、不嫉妒、不苛求。时常打开自己的心灵之窗，感受阳光照耀的每一天，安安心心地过好生活的每一天。

你的原则和底线，就是你的人品

　　一个人的原则和底线，以及他对原则和底线的坚守，就是他人品的底色，也是他人格的分量。在当今这个价值多元化、充满各种诱惑的时代，为人处事要有自己的原则和底线。无规矩不成方圆，不论何时，不论身处何种境遇，都要管理好自己。如果没有了原则和底线，就如同人生大厦失去了支柱，大坝动摇了根基一样，极容易在人生道路上走偏，被功名利禄牵着鼻子走，渐渐丧失自我，最终失去该有的幸福。

　　做人做事凭良心，这是好人品立身之本。良心也可以称作良知，它是被社会认可、被舆论接纳、被自己承认的道德行为准则。在儒学的语境中，"良知"常常与"良能"相提并论。良知良能，指的是每个人与生俱来的道德意识和道德能力。正如孟子所言："人之所不学而能者，其良能也。所不虑而知者，其良知也。"每个人心中都有一份良知，这种道德意识和道德能力是一种天赋，都是约束各自行为的道德力量。但如果不注重自己心性的修炼，不断把自己修养成一个正直、善良、诚实，言行合乎伦理道德的人，就非常容易在后天的工作和生活中迷失自己。

　　良心，是做人做事的底线。一个有良心的人，一定是一个胸襟坦荡、公道正派的人，既严格要求自己，又宽宏大量、包容他人；既公道做事，又正派做人。有良心的人，不会做任何损人利己的事，也不会做任何可能有损自己组织形象的事。有良心的人通常也是一个善良之人，他能时时提醒自己他人的存在和他人的不易，看到他人遭遇责难或误解需要帮助时，自己不会抱着事不关己高高挂起的心态而"袖手旁观"；也不忍心置困境中的人于不管不顾，把自己变成一个麻木、自私、无情的看客；更不忍心看到他人遭遇不幸需要关爱的时候，让自己成为一个如同有血有肉的机器人一般，冷漠无情。有良心的人很少干坏事，因为他们过不了自己这一关，如果做了违反原则和突破底线的事情，他们害怕受到良心的惩罚和谴责，终日担惊受怕、不得安宁，以致内疚后悔。

"君子爱财取之有道，贫贱不能移，富贵不能淫，威武不能屈。"这些几千年流传下来的圣贤之道，都是教育人们对原则和底线的坚守。一个人，凡事不违背自己的良心，做好自己分内该做的事，履行好自己应当全心全意履行好的责任。无论什么时候，都不淡忘责任而安于现状、不思进取、无所作为，也不逃避责任而不讲原则、不分是非、敷衍塞责，更不背叛良知而丧失原则和底线，失去做人的根本和资本。

时常提醒自己坚守做人做事的原则和底线，就能分清是非、辨别荣辱、明了事理，就不会为得失所迷、为得失所累，灵魂也不会受到良知的审判，正所谓"心底无私天地宽"。做人做事只要能对得起自己的良心，对得起自己的信仰，言行之中就能透出你的人品。即使一时被孤立、被排挤、被嘲笑，也能扛得住别人的议论、责难、指责，坚守自己的原则和底线。

岂能尽如人意，但求无愧我心

"岂能尽如人意，但求无愧我心。"这是明朝开国宰相刘伯温自勉的一句话。这句话的意思告诉自己，人的一生中总会遇到不顺心的事，总会遇到看不顺眼的人，即使你再努力再小心，事情考虑得再周全，工作做得再细致，也不可能照顾到每一个人的主观感受，也不可能让所有人都对你满意。做人做事只要对得起自己的良知，做到问心无愧就好。

善良的人都有这样一种心理，在工作和生活中，凡事总是竭尽全力，希望自己的所作所为尽可能地让周围的每一个人都满意。尽管如此，一旦自己的言行无意中给别人造成了不好的印象，便整日忐忑不安、忧心忡忡，说话做事的时候便会更加的小心翼翼，更加谨小慎微，生怕哪句话再说错了，哪件事考虑得不太周到，又会得罪人。

很多时候，我们都会有一种感觉，那就是真正累人的不是工作，而是人际关系。为了能给别人留下一个比较好的印象，凡事都必须考虑得面面俱到，事事都要努力做到最好，将大量的时间和精力用在处理好人际关系，以及如何能达到别人满意这件事情上，搞得自己身体累，心也累。

其实，人与人的学识不同，见识不同，修养不同，对事物的看法各不相同，矛盾、分歧有时会在所难免。每个人都是独立的个体，由于立场不同，主观感受不同，你的所思所想所言所行，不可能得到周围所有人的理解，不可能使他们都能切身感受你所经历的酸甜苦辣，有些经验和做法只能冷暖自知。当不被人理解，甚至被人误解、淡漠而感到委屈的时候，要以宽容坦然的心态面对，只管埋头于工作即可，否则，你可能将难以摆脱受伤害的痛苦。

世间所有事情都不是绝对的，有些善与恶、美与丑、正与邪、清与浊是相互交错，所以，绝不可能让每个人都同意或认可你自己所做的每一件事。该坚持的原则必须不折不扣地坚持，凭良心做好分内的事会让你心胸坦荡。同时，这也会让你有一种高度的道义自觉，干起活来，再苦再累也心甘情愿，内心也不觉得累。既然拿着工资就要认真做好职责内的工作，就要尽心尽职履行好自己的职责。如果没有做到"尽人事"，就是失责，就相当于对自己的人生没有责任。有时因自己的能力有限，还可能会遭受到非善意的嘲笑。这个时候，要正确对待别人的评价，只要襟怀坦荡，无愧于心，就不必在意别人的说法和看法。

社会由众生构成，每个人看问题的角度不同，就必然有各自满意与不满意的地方，但这也不是一成不变的。一个人，随着他社会经验和人生阅历的丰富，心智也许会越来越成熟，在不同时期对不同问题的看法可能也会更加理智。所以，为人处事，只要不违背原则，维持好自己的善心，问心无愧即可。

人在社会上行走，所做的每一件事情，不可能得到每个人的满意。事情是自己做的，评价是别人的。只要尽本分、尽良心去做，就当义无反顾。比如，在大是大非的原则问题上，就要像玻璃一样刚硬透明。但在一些细小事情的处理上，要有一定的灵活性和多变性，不必事事较真，非得跟身边人定夺出个谁是谁非来，这于人于己都有害无益。

　　人生是一个多棱镜，总是以它变幻莫测的每一面反照生活中的每一个人。只要善于自省，具备深度思考的能力，就不必过于在意别人的看法，不必担心自己的思维的偏差。要执着于自我的追求，执着于自我的感悟。

　　不求人夸颜色好，只留清白满乾坤！

任何时候都可以开始做自己想做的事

任何时候，你都可以开始做自己想做的事情。只要你不用年龄和其他东西去束缚自己，只要你愿意努力，勇于突破自我，勇于挑战自我，就一定能遇见更好的自己！

很多人之所以一生平庸，往往不是因为能力不足，而是由于内心的"自我设限"。有的人是想做事但不敢想，更不敢做；有的人在受挫、碰壁后，信心和勇气不足，久而久之形成了固化思维，行动上也变得越来越懦弱、犹豫、不思进取、随波逐流；有的人越来越害怕承担责任，不敢拼搏、不敢创新，自我发展的最大潜能也得不到最大限度地发挥。

其实，每个人的心中都有一片海，如果自己不扬帆，没人能帮你启航；如果自己不开口，没有人知道你想要什么；如果自己不去做，你的任何想法都只在自己的脑海游泳；如果你不肯迈出自己的脚步，永远也塑造不出理想的自我形象。也就是说，如果你不想去突破自我，挣脱固有思维对你的限制，那么即使你各方面都很强，也只能任由"自我设限"或懒惰给你帮倒忙，就不能够扭转自己的劣势，更不用说能更好地发展自己了。

生命对于每个人来说只有一次，需要我们利用好有限的生命，努力去做一些自己力所能及并且有意义的事情。每个人，都在自己平凡的人生旅途中，试图通过自己的努力去改变自己，从而使自己的生活变得越来越充实，人生变得越来越丰富。但如果你只是想一想或者心动一动，而不试着去拼一拼，整天想着能坐享其成，或异想天开地希望天上能掉个馅饼，那么你只能像俗话所说的"夜里想来千条路，醒来照旧卖豆腐"了，终会被一批又一批矢志追梦圆梦的人们淘汰出局！

任何时候都不要让自己的信心枯萎。每个人的历史都是由自己书写的，决定人生命运的不是起点而是终点。即使你处在较低的起跑线上，也一定不要沮丧，不必惊慌，默默地做努力爬行的蜗牛或坚持飞的笨鸟。只要坚持着，总有一天，你会站在最亮的地方，活成自己曾经渴望的模样。如果你真的愿意坚持不懈地去努力，自己人生最坏的结果，也不过是大器晚成，至少可以在这个时代中站稳脚跟或不落伍。

现实生活中，大器晚成的大有人在，他们时时刻刻都懂得提升自我，从来不会因为时间的流逝或年龄问题而放松对自我的要求，放弃对自我的完善，而是"活到老，学到老，进步到老，贡献到老"。每个人都有自己的最大潜能，内心也包含着巨大的能量。人生就是一个不断努力、不断拼搏的过程，只有不懈地努力奋斗，才能最大程度地发掘出自己的所有潜能，才能使自己的生命发挥出无限的价值，才能看到自己意想不到的美丽风景。

成功没有时间限制。英国前首相丘吉尔81岁从首相位置上退下来，开始学习画画，并成功展示了自己的作品。爵士音乐钢琴演奏家尤比·布莱克100岁时还举办了自己的专场音乐会。成功对一个人来说，不在于他处于什么样的年龄阶段，只要想做自己喜欢做的并且是正确的事，积极努力奋进，一定会有所收获。情商高的人，不论何时，都能够肯定自己潜在的能力，凭借自我意志力的作用，加强自我管理和自我鼓励。不断发现自我，欣赏自我，超越自我，努力做到事事尽心尽力。任何时候，都不要放弃做好自己的努力，不用扬鞭自奋蹄，珍惜生命，铸就幸福美好的一生！

天行健，君子以自强不息

《易经》有云："天行健，君子以自强不息。"体现出的是一种刚健有为的进取精神。锻造自强不息的能力，培养自强不息的精神，既是中华民族的传统美德，更是时代对我们每一个人提出的要求。在追梦的路上，唯有自强不息，才能克服各种困难，才能取得自己事业的成功。

人生路上，各种各样的困难和挑战无处不在。实现自己人生理想和人生目标的过程，其实也是磨炼意志、锻造能力的过程。"宝剑锋从磨砺出，梅花香自苦寒来。"古往今来，凡成就事业、有所作为的人，无不是脚踏实地，以自己十年磨一剑的坚韧和毅力，艰苦奋斗的结果。"只有不畏劳苦沿着陡峭山路攀登的人，才有希望达到光辉的顶点。"

自强不息是一种百折不挠的生命状态。做生命的强者，就要有自强不息的精神。自强不息的人，专注于自己的人生目标，并且永远也不会放弃，不屈不挠，不达目的誓不罢休。不论在怎样艰苦的条件下，也不论遇到怎样的挫折、磨难、痛苦和委屈，都会咬紧牙关，义无反顾地往前走。勇于在困境中砥砺自己的品格的人，才能最终展现出自己生命的精彩。一个人要想把事情做好，实现自己的人生价值，就非得有点自强不息的精神不可。

没有吃过苦、受过罪，没有经历过挫折和磨难的人是不可能获得最后成功的。作家冰心在《繁星》中曾说:"成功的花,人们只惊羡她现时的明艳,然而当初她的芽,浸透了奋斗的泪痕、牺牲的血雨。"可见,一朵花的绽放,也需要经历风雨的历练才能成长,更何况人呢!

如今,人们的生活水平越来越高,生活也越来越舒适安逸。在这种情况下,许多人很容易失去自强不息的精神,安于现状,不思进取,变得懈怠。尤其是有许多年轻人,独立面对真实人生的风风雨雨时,有的开始迷茫,找不到自己的努力方向,不知道自己的出路在哪儿;有的抗挫折能力和抗打击能力弱,稍遇到点儿不顺心不如意之事就会变得沮丧、萎靡不振,甚至元气大伤;一旦遇到挫折和困难就选择退缩或放弃。他们在困境中辗转徘徊,不敢迎接挑战,最终将一事无成,浑浑噩噩度过一生。

自强不息的人,能够经得住生活的各种磨难,坚持做自己喜欢做的事,永不言弃。这份坚持,源于对自己所热爱事业的执着追求,源于崇高的理想和自信做支撑。即使身处逆境,也能经得住各种考验,发愤图强,靠自己坚强的意志和顽强的毅力,战胜命运,走出困境。同时,通过不断的历练和磨难,也最大限度地激发了自己的潜力,内心也变得越来越强大,自己也会变得更加自信。

无论做什么事情,经过慎重考虑,选择了,就要对自己的选择负责,就要脚踏实地、严谨务实地把该做的事情做好,这样的人生才能有所收获。

最好的交往，就是相处不累

生活中，同学、同事、朋友之间的交往是正常人的必然行为，而人与人之间最好的交往，就是相处不累。不用伪装，无须畏缩，不必勉强，更不用钩心斗角，可以按自己的心情去畅快地深入交往下去。

与人交往是一种艺术，也是一门学问，更是人生的需要。人世间有许多好人，还有少量的坏人，所以交往对象要有所选择。要学会判别各种各样的人，掌握与各种各样人打交道的不同技巧，即使与自己不喜欢的人打交道，也不要表现出自己的不满情绪。人际交往中，尤其要注意仔细识别表面上道貌岸然，实际上做事却很不公道，令人寒心，甚至喜欢挑拨离间、总爱背地里对别人品头论足的伪君子。一旦不幸与这种人遭遇，不宜轻率地选择离开，也不宜立即或无分寸地予以揭露，否则，恐怕会招来伪君子们更多的构陷。

在一个工作环境里，人事的复杂可能是工作积极性降低的主要原因。即使对工作充分热爱并且也是满怀激情的，也会由于过于繁琐的人际关系而冲淡大家工作的积极性。在这样的团队里，如果每说一句话都要思前想后，总担心说错话得罪人；每做一件事都战战兢兢，生怕被人坑了一把，那就很难形成干事创业的凝聚力和战斗力，工作效率和工作质量也高不到哪儿去。凡事只对事不对人，就能避免同事间的猜忌或排挤，就能避免上下级之间的磨合或怀疑等问题发生。

对事不对人，就是分清"人"与"事"，着力解决不好的事情，并防止此类事情再次发生，而不对当事人做任何主观的评价，从而体现对人的"尊"和"爱"。营造这样的工作氛围，上下级之间就能够坦诚轻松相处，既分享彼此喜悦，也分担彼此压力，还可以包容彼此的性格弱点。每一名团队成员在团结共事的过程中，都不需要过于遮遮掩掩，更不需要畏首畏尾。这样下级不但能学习上级的优点和经验做法，还能使自己工作轻松而愉快，减少许多事业上的烦恼，从而大幅度调高工作效率和工作质量。

人与人交往的基础就是彼此的尊重与支持，每个生命都值得尊重与重视。保持一颗善良、单纯的心，做事的时候，专注踏实；做人方面，真诚友善，才是最美好的相处。倘若时时处处都觉得自己很优越，仿佛自己高人一等，处处觉得自己比别人强，事事都是自己做得最好，总是用挑剔、批评的眼光与别人共事或交往，就很容易招致别人心里的反感，别人也会对你敬而远之的。

虽然，人们在社会这个大染缸里，被染成了各种各样的五颜，有的还变成了自己曾经最不喜欢的模样，但无论怎么变，都不要失去做人最根本的"真实"。人与人的交往，更多的在于心的交流，如果想打开自己的人生局面，就必须先付出真心去关心别人，帮助别人。做人如果太讲求实用主义，过于急功近利，一点生命的真爱都没有，是很难有好人缘的。

最好的交往，是相处不累。那个可以让你卸下伪装，忘掉心机的人，才更值得你相处一生。